U0074831

3個問號偵探團 1

天堂動物園事件

文 晤爾伏・布朗克
圖 阿力
譯 宋淑明

企劃緣起

現在，開始讀少兒偵探小說吧！

親子天下閱讀頻道總監／張淑瓊

閱讀也要均衡一下

爲什麼要讀偵探小說呢？偵探小說是一種非常特別的寫作類型，臺灣這幾年奇幻文學大發燒，類似的故事滿坑滿谷；除了奇幻故事之外，童話或是寫實故事也是創作和閱讀的大宗。偵探和冒險類型的小說相對而言就小眾多了。不過，偵探小說在全世界可是佔有很大的出版比例，光是看這兩年一波波福爾摩斯熱潮，從出版、電視影集到電影，就知道偵探小說的魅力有多大了。

但在少兒閱讀的領域中，我們還是習慣讀寫實小說或奇幻文學爲主，畢竟考試當前，升學掛帥，能撥出時間讀點課外讀物就挺難得了，在閱讀題材的選擇上，通常就會以市

面上出版量大的、得獎的、有名的讀物爲主。殊不知，偵探故事是少兒最適合閱讀的類型，因爲它不只是一種文學，更是兼顧閱讀和多元能力養成的超優選素材。

成長能力一次到位

偵探小說是一種綜合多元的閱讀類型。好的偵探故事結合了故事應該有的精采結構、主角們在不疑之處有疑的好奇心和合理的懷疑態度，還有持續追蹤線索過程中的耐心與熱情，解答問題過程中資料的蒐集解讀、推理判斷能力的訓練，遇到難處或危險時需要的勇氣和冒險精神、機智和靈巧，還有和同伴一起團隊合作的學習，和面對彼此性格態度不同時的衝突調解和忍耐體諒。這些全部匯集在偵探小說的閱讀中，厲害吧！

閱讀偵探故事，可以讓孩子在潛移默化中培養好奇心、觀察力、推理邏輯訓練、資料蒐集能力、團隊合作的精神、人際互動的態度……等等。這麼優質的閱讀素材，怎麼能在孩子的閱讀書單中缺席呢！這就是爲什麼我們一直希望能出版一套給少兒讀的偵探小說系列。

閱讀大國的偵探啓蒙書

去年我們在法蘭克福書展撈寶，鎖定了這套德國暢銷三百五十萬冊、全球售出多國版權的【三個問號偵探團】系列。我們發現臺灣已經有了法國的「亞森羅蘋」、英國的「福爾摩斯」，還有我們出版的瑞典的「大偵探卡萊」，現在我們找到以自律、嚴謹聞名的閱讀大國德國所出版的「三個問號偵探團」，我們希望讓臺灣的讀者們也可以和所有的德國孩子一樣享讀這套「偵探啓蒙書」。跟著三個問號偵探團一樣，隨時準備好所有行動需要的工具，體會「空氣中突然充滿了冒險味道」的滋味，像他們一樣自信的說：「解開疑問就是我們的專長」。我們希望孩子們在安全眞實的閱讀環境中，冒險、推理、偵探、解謎！

推薦文

好文本×好讀者＝享受閱讀思考的樂趣

臺灣讀寫教學研究學會理事長／陳欣希

偵探故事是我最愛的文類之一。此類書籍能帶來「閱讀懸疑情節」和「與書中偵探較勁」的樂趣，但，能否感受到這兩種樂趣會因「文本」和「讀者」而異。以認知心理學的角度來看，「令人感興趣」即表示「大腦注意到並能理解」；容易被大腦注意到的訊息有兩種：新奇和矛盾，讀者愈能主動比對正在閱讀的訊息與過往知識經驗的異同，愈能將文字敘述轉爲具體畫面並拼出完整圖像，就愈能享受閱讀思考的樂趣。但，正邁向成熟的小讀者，仍在培養這種自動化思考的能力，於是，文本的影響力就更大了。

了解前述原理，再來看看【三個問號偵探團】，就不難理解這系列書籍能讓人一口氣讀完而忽略長度的原因了。

「對話」，突顯主角們的關係與性格

文中的三位主角就像其他偵探一樣，有著「留意周遭、發現線索、勇於探查」的特質，不一樣的是，多了「合作」。之所以能合作，友誼是主要條件，但另一條件也不可少，即，各有專長。此外，更不一樣的是，這三位主角也會害怕、偶爾也會想退縮，但還是因爲友誼，外加「幽默」，讓他們即使身陷險境，仍能輕鬆以對。要如何感受到三位偵探間的深厚情誼以及各自鮮明的個性特質呢？請留意書中的「對話」！

「情節」，串連故事線引出破案思惟

情節安排常會因字數而有所受限制，或是案件的線索太明顯、眞相呼之欲出，連讀者都能很快的知道事件的原由；或是線索太隱密，讓原本就過於聰明的偵探一眼識破，而一頭霧水的讀者只能在偵探解說時才恍然大悟。這系列書籍則兼顧了兩者。書中的數個情節，看似無關，但卻有條細線串連著。只要讀者留意一些看似突兀的插曲，留意加入故事的新人物，其實不難發現這條細線，更能理解主角們解決案件的思惟。

【三個問號偵探團】這系列書籍所提到的議題，是十歲小孩所關切的。再加上文字描述能讓讀者理解主角們的性格與關係，讓讀者有跡可尋而拼湊事情的全貌。簡言之，對十歲小孩來說，此類故事即能帶來前述「閱讀懸疑情節」和「與書中偵探較勁」的雙重樂趣。對了，想與書中偵探較勁嗎？可試試下列的閱讀方法：

閱讀中

根據文類和書名以形成假設

（我知道偵探故事有哪些特色，再看到書名，我猜這本書的內容是什麼？）

←

尋找線索以形成更細緻的假設

（我注意到作者安排另一個角色或某個事件，可能與故事發展有關……）

（我注意到的線索、形成的假設，與書中偵探的發現有何異同？）

←

帶著假設繼續閱讀

←

連結線索以檢視假設

（哪些線索我比書中偵探更早注意到？哪些線索是我沒留意到？是否回頭重讀故事內容？）

推薦文

【三個問號偵探團】＝偵探動腦＋冒險刺激＋幻想創意

閱讀推廣人、《從讀到寫》作者／林怡辰

「老師，你這套書很好看喔！我在圖書館有借過！」、「我覺得這集最好看，老師這本你可以借我嗎？」自從桌上放了全套的【三個問號偵探團】，已經好幾個孩子過來「關注」：刺激、有趣、好看、一本接一本停不下來。都是他們的評語。

是的，【三個問號偵探團】就是一套放在書架上，就可輕易呼喚孩子翻開的中長篇偵探故事，每一本書都是一個驚險刺激的事件，場景從動物園、恐龍島、幽靈鐘、鯊魚島、古老帝國、外星人……光看書名，就覺得冒險刺激的旅程就要出發，隨著旅程探險，案件隨時就要登場！

故事裡三個小偵探，都是和讀者年齡相仿的孩子，十歲左右的年齡，帶著小熊軟糖、到達祕密基地，彼此相助和腦力激盪；勇氣是標準配備，細心觀察和思考是破案關鍵；好奇加上團隊合作，搭配上孩子最愛動物園綁架、恐龍蛋的復育、海盜、幽魂鬼怪神祕、

幽靈船的膽戰心驚、陰謀等關鍵字。無怪乎，這套德國出版的偵探系列，一路暢銷、至今不墜，也輕易擄獲眾多國家孩子的心。

最值得一談的是，在書中三個小主角身上，當孩子閱讀他們的心裡的話、思考的模式：正面、善良、溫柔、正義；雖有掙扎，但總是一路向陽。讀著讀著，正向的成長性思維和不畏艱難的底蘊，輕鬆遷移到孩子大腦。

而且，這套偵探書籍和其他偵探系列的最大不同，除了場景都有豐富的冒險元素外，敘述和文字掌控力極佳，翻開書頁彷彿看見一幕幕畫面跳躍過眼簾，細節顏色情感，讀來感嘆萬千。不只偵探的謎底和邏輯，文學的情感和思考、情緒和投入，更是做了精采的示範！

在細緻的畫面中，從文字裡抽絲剝繭，一下子被主角逗笑、一下子就緊張的捏緊了拳頭。理解、整合、思考、歸納、分析，文字量適合剛跳進橋梁書的小讀者，當成偵探小說的第一次接觸。在享受文字帶來的冒險空氣裡、抓緊了書頁，靈魂跳進了迷幻多彩的偵探世界，大腦不禁快速運轉，在小偵探公布謎底前，捨不得翻到答案：「解開疑問就是我們的專長！」怎麼可以輸給三個問號偵探團呢！

就讓孩子一起乘著書頁，成爲三個問號偵探團的第四號成員，讓孩子靈魂一起在文字裡探索、線索中思考、找到細節解謎，享受皺眉困惑、懸疑心跳加速，最後較量著誰能提早解謎，在三個偵探團的迷人偵探世界翱翔吧！

推薦文

值得被孩子看見與肯定的偵探好書

彰化縣立田中高中國中部教師／葉奕緯

在破舊鐵道旁的壺狀水塔上，一面有著白藍紅三個問號的黑色旗幟，隨風搖曳著，而這裡就是少年偵探團：「三個問號」的祕密基地。

開頭便用破題的方式進入事件，讓讀者隨著主角的視角體驗少年的日常生活，也在他們推敲謎團並試圖解決的過程中逐漸明白：這是團長佑斯圖的「推理力」，加上鮑伯的「洞察力」以及彼得的「行動力」，三個小夥伴們齊心協力，冒險犯難的故事。

而我們未嘗不也是這樣長大的呢？與兒時玩伴建立神祕堡壘、跟朋友間笑鬧互虧、跟夥伴玩扮家家酒的角色扮演，和大家培養出甘苦與共的革命情感——我們都是佑斯圖，也是鮑伯，更是彼得。

從故事裡不難發現，邏輯推理絕不是名偵探的專利。我們只需要一些對生活的感知力，與一點探索冒險的勇氣，就能擁有解決問題的超能力。

某日漫步街頭，偶然看見攤販店家爲了攬客而掛的紅色布條，寫著這樣的宣傳標語：「感謝ＸＸ電視台、ＯＯ新聞台，都沒來採訪喔！」看似自我解嘲的另類行銷，其實也在默默宣告著：「我們沒有強大的外援背書，但我們有被人看見的自信。」

【三個問號偵探團】系列小說，也是如此。

沒有畫著被害人倒地輪廓的命案現場、百思不解的犯案過程，以及天馬行空的破案手法等各式慣見的推理元素，書裡都沒有出現；有的是十歲孩子的純眞視角、尋常物件的不凡機關、前後呼應的橋段巧思，以及良善正向的應對態度。

或許不若福爾摩斯、亞森羅蘋、名偵探柯南、金田一等在小說與動漫上的活躍知名，但本書絕對有被人看見的自信，也值得在少年偵探類受到支持與肯定。

我們都將帶著雀躍的心情翻開書頁，也終將漾著滿足的笑容闔上。

來，一起跟著佑斯圖、鮑伯與彼得，在岩灘市冒險吧！

目錄

企劃緣起　現在，開始讀少兒偵探小說吧！　張淑瓊　2

推薦文　好文本×好讀者＝享受閱讀思考的樂趣　陳欣希　5

【三個問號偵探團】＝偵探動腦＋冒險刺激＋幻想創意　林怡辰　8

值得被孩子看見與肯定的偵探好書　葉奕緯　10

人物介紹　14

1　祕密基地　16

2　黑色轎車　23

3　出現食人族　29

4　海上的呼聲　36

5　孤兒尤納斯　43

6　老賴的天堂　49

7　陸上的船長　54

8 獵猴行動 63
9 海盜來了 76
10 棕櫚樹下的眼淚 81
11 藏寶圖和幽浮 90
12 紅色警戒！ 95
13 動物危險了！ 101
14 午夜驚呼 108
15 日出 117
16 叢林熱 122
17 嫌疑犯 130
18 紅色蠍子 136
19 驚險時刻 142
20 蛇變戲法 148
21 掌聲鼓勵 154

人物介紹

藍色問號：彼得·蕭

年齡：十歲

地址：美國岩灘市

我喜歡：游泳、田徑運動、佑斯圖和鮑伯

我不喜歡：替瑪蒂妲嬸嬸打掃、做功課

未來的志願：職業運動員、偵探、活到一百歲

紅色問號：鮑伯・安德魯斯

年齡：十歲

地址：美國岩灘市

我喜歡：聽音樂、看電影、上圖書館、喝可樂

我不喜歡：替瑪蒂妲嬸嬸打掃、蜘蛛

未來的志願：記者、偵探

白色問號：佑斯圖・尤納斯

年齡：十歲

地址：美國岩灘市

我喜歡：吃東西、看書、未解的問題和謎團、破銅爛鐵

我不喜歡：被叫小胖子、替瑪蒂妲嬸嬸打掃

未來的志願：犯罪學家

1 祕密基地

今天的岩灘市非常炎熱。也許還是今年最熱的一天。佑斯圖・尤納斯在打包的時候，額頭上都是汗水。

「潛水面鏡、呼吸管、薯片和一罐可樂。好了，該帶的都帶了！」他一邊想著，下樓梯時還一邊大聲的說出來。當他正要開門出去，身後有人大喊：「等一下，佑斯圖！」說話的人是瑪蒂妲嬸嬸。

真是的，無論如何都逃不出她的手掌心，佑斯圖心想。

「防晒油塗了嗎？」嬸嬸說。

「有，塗了。」他點頭。

「有帶麵包和水嗎？」嬸嬸擋在他和大門之間，繼續追問。

「有，帶了。」當然他的回答沒有一項是真的。

「那不要游太遠，不許對沙灘上的人惡作劇。這裡還有一條毛巾、防晒油和一顆蘋果，你帶著。雖然現在是暑假，但還是不要太晚回來。」

「好啦好啦，瑪蒂妲嬸嬸。」

「我差點就忘了，這邊還有一頂提圖斯叔叔的舊草帽。戴著就晒不到太陽了。太陽可是防不勝防哦！你看，戴起來剛剛好，好像是特別為你訂做的。」

帽子好醜！戴起來一定像稻草人。

佑斯圖走出門外，確定嬸嬸看不到他了，他馬上將頭上的草帽扯下來。當他打算把草帽塞進背包時，忽然想到可以把這個難看的東西藏在接雨水的大桶子後面。

「瑪蒂妲嬸嬸雖然是全世界最好的嬸嬸，但她總是不肯承認，我已經不是小嬰兒了。」他喃喃抱怨著，一邊騎上他的腳踏車，一路歪歪斜斜的前進。「可能全世界的嬸嬸都是這個樣子吧！」

黑色的柏油路在太陽下黝黝發亮。佑斯圖氣喘吁吁的踩著腳踏車的踏板。迎面而來的風吹在臉上涼涼的。這輛腳踏車是提圖斯叔叔送的；他從他的廢物回收場挑出五、六輛廢棄的腳踏車，用零件拼湊出

來。而這輛車子看起來的確像是拼裝的：有銀色的、綠色的金屬，某些部分還是橘色的。但這車子有三段變速，這是最大的優點。

到達岩灘市的地名路牌之前，佑斯圖還得征服最後一個上坡。

「呼～～終於騎上去了！」他喘著氣。

從現在開始，一路都是下坡囉！他放開雙手，平舉手臂有如鳥的翅膀，讓腳踏車直直的衝下斜坡。要是瑪蒂妲嬸嬸看到的話……

沿著馬路旁邊是一條舊火車軌道。生鏽的鐵軌藏在茂密的矮樹叢中，幾乎辨認不出來。前面不遠處、鐵軌分岔的地方，**咖啡壺**就在那裡。事實上**咖啡壺**只是一個給舊火車頭供水的水塔，它的大小跟四個電話亭差不多，它由一個巨大的木架支撐著，感覺就像坐在矮凳上。

水塔的底部有一根很粗的水管通往內部，管子上焊有一些水平鋼條。水塔旁邊接了一根可旋轉的管子，是以前火車頭用來接水用的。

從遠處看，這個水塔的形狀像極了一個巨大的咖啡壺，它的名字就是這麼來的。水塔的底部有一個小艙門，從這裡可以進到水塔內部。水塔內部的空間足夠容納三個人。大家可以在這裡發想計畫、收集可以換錢的瓶子和囤積好吃的小熊軟糖。咖啡壺不但是朋友聚會的地方，還是團體的總部、倉庫和祕密藏身處。

佑斯圖越過鐵軌直朝咖啡壺騎去。忽然間砰的一聲，「嘎吱嘎吱」，咖啡壺底下的艙門開了。先是一頭亂髮探出來，然後才看見臉。

「你總算來了，佑斯圖！我們熱得跟狗一樣，連舌頭都吐出來了。」

以頭下腳上的姿勢說話的是彼得・蕭，隨即鮑伯・安德魯斯的頭也出現在旁邊，他還用一隻手抓著眼鏡，免得眼鏡掉到地上。

「我們趕快離開這個暖爐吧！」鮑伯喘著氣順著鋼條爬下來。

「那麼，我們出發吧！」佑斯圖大喊。

現在三個人都到齊了：岩灘市的佑斯圖、彼得和鮑伯；三個好朋友，不怕困難險阻，勇往直前。「沒有什麼問題是找不到答案的」——這就是小偵探們的座右銘。

如果你看得夠仔細，就會發現，在咖啡壺上方有一枝黑色的旗子迎風飄揚。旗子上有白色、紅色、藍色三個問號。這就是「三個問號偵探團」的標誌。

2 黑色轎車

彼得第一個跳上他的腳踏車。鮑伯隨即跟上，用力踩動踏板。「最後一個到的人負責清掃沙灘！」他笑著說。

「你們等著看，我會後來居上的！」佑斯圖喃喃自語，緊跟在兩人之後。他們又騎回馬路上，仍是一路下坡。現在太陽已經高掛在頭頂。他們愈靠近海邊，海浪拍岸的聲音愈是清晰；空氣中的鹽味跑進嘴裡，鹹味也愈來愈重。他們利用下坡的衝力，躍上最後一座小山丘；

在山丘上他們看見遠處一望無際的深藍色大海。大海彷彿一張巨大的地毯，躺在他們的面前，溼溼涼涼的，只等著他們踩進來。

就在馬路轉彎的地方，一輛黑色轎車忽然從他們後面衝過來。

「小心！」佑斯圖大喊，他差點被黑色轎車撞到。轎車一邊大聲按著喇叭一邊轉過彎道，彼得只得跳車才僥倖躲開。

「這個人腦筋有問題！」鮑伯罵著，手指敲著太陽穴。

佑斯圖趕緊跑到彼得身邊，著急的問：「有沒有受傷？」

「還好，只是嚇了一跳。」彼得扶起他的腳踏車，一邊回答。「可惜沒有人把我的特技表演拍下來，這段影片絕對可以賣到好萊塢。」他笑了笑。

「這傢伙不知道在急什麼！」鮑伯繼續罵，「警察應該把他的駕駛執照沒收，強迫他去坐公車。」

「你怎麼知道他是一個『傢伙』，而不是一個女人？」佑斯圖問，他捏著下嘴脣思考著。

「我真不敢相信！我們幾乎要被車子撞死了，你還有時間推理。」鮑伯用責備的口氣說。

雖然如此，佑斯圖的疑問還是有道理的：車子的速度太快，根本無法辨識駕駛人的性別。但是有一件事讓他印象深刻：黑色轎車的散熱器上，鑲嵌著一個黃底紅蠍子的標誌。這件事他放在心裡沒有說出來。他可不想再被鮑伯責罵了。

不久後，三個問號到達海岸邊，大家已經把剛才的驚嚇拋到九霄雲外。他們把三輛腳踏車一起鎖在一棵乾枯的樹幹上。從陡峭的岸邊往下看，在足足有五公尺深的底部，有一個鋪著白色細沙的迷你小海灣。大部分的時間這個小沙灘上只有他們三個人，因為幾乎沒有人有膽量下來。

「我們走吧！」彼得大喊，一邊在樹下的矮木叢裡翻找著，「有了，找到了！」他突然高興的大笑，手上多出一條堅固的粗繩。他們三個有一次在海灘上撿到這條繩子後，從此就把它當作上下攀爬的工具。這條粗繩可能是一艘漁船或者貨櫃船在某次暴風雨中遺落的。

繩子的一端被牢牢綑在鎖腳踏車的樹幹上。彼得首先抓住繩子往

海岸下移動。接著是鮑伯，他在手心吐一口口水後，緊緊抓住繩子。

「如果桅繩斷了，大家就一起餵鯊魚吧！願守護神克拉褒特曼（註①）保佑我們！」他大聲唸著。鮑伯看過很多海盜電影，所以知道水手們稱這種粗繩為「桅繩」。

「我還是等你們都安全落地了，我再下去。」佑斯圖不太信任這條已經很老舊的粗繩；何況，他也不是三個人之中體重最輕的。

「彼得，來吧。我一喊，我們就一起跳下去。」鮑伯大叫。「進攻！」兩人在距離地面一公尺處一起放開繩子，跳進柔軟的細沙裡。

當佑斯圖懷著不安的心情、慢吞吞的爬下來時，彼得和鮑伯早就跳進白浪裡了。

註① 克拉褒特曼是德國傳說中的船隻守護神。據說他會跟水手或漁夫一起住在船上，幫忙船上的工作，並確保船隻的安全。

3 出現食人族

沙灘上的沙子非常燙，佑斯圖覺得他簡直是在燒紅的木炭上跑，腳都不知道要放在哪裡。

「快下水，佑佑！」鮑伯大聲叫他。「我把海裡的鯊魚都趕跑了！」但是佑斯圖走到水深及腰的地方就停下來了——如果要他游出去，他得再穿上一件T恤禦寒。

不久之後，三個人已經躺在他們的海灘巾上吃薯片喝可樂。輕柔

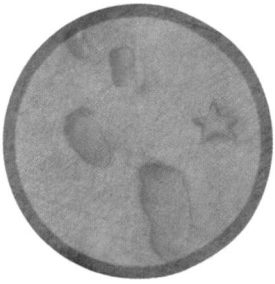

的微風溫暖的吹在他們身上，撫乾他們的頭髮。浪花在太陽的照耀下閃閃發光。

「水手其實是個不錯的工作。」鮑伯說。「可以出海好幾個月，待在船上什麼事都不用做，真棒！」

彼得附和著：「船上一定有電視，有桌球桌，一定也有很多冰涼的可樂。」

「我不覺得，我想船上的生活一定很無聊！」佑斯圖說。

鮑伯突然站起來，用雙手圍成一個圈放在嘴邊：「陸地，陸地，看見陸地！」

彼得也站起來加入：「所有船上人員注意，船要沉了！大家先

救助老人和小孩……快！大家趕快登上救生艇！」他們坐到佑斯圖身旁，裝作划著救生艇逃命的樣子。

「一、一、一二一，快點，你們這些沒用的淡水水手（註②）！」佑斯圖對著兩人咆哮，「再不用力划，我們就要溺死了！這艘救生艇爛透了，到處都在進水！」

然後三個人假裝爬到沙灘上，精疲力盡的倒在那裡喘氣。

「終於到了！我們在海上辛苦了五天，終於又可以踏在堅硬的土地上。感謝海神保佑！」佑斯圖低聲呻吟著。

「沙灘上有腳印！這個島上不會有食人族吧？」彼得忽然大聲喊叫，假裝被嚇得魂飛魄散。

「吃人的——食人族！啊！」三個人亂叫一通，全都躲到毛巾下面了。

「他們應該先選佑佑，吃了他以後，他們就吃不下我們了。」鮑伯面向佑斯圖，打了一個飽嗝。

「對啊，因為如果吃的是你，他們就會得胃酸，好幾天都不能下海潛水！」佑斯圖反擊回去。

「為什麼食人族吃了鮑伯就不能下海潛水了？」彼得問。

「因為鮑伯很『空洞』（註③）！哈哈哈哈！」佑斯圖說出這句話後，大聲笑倒在沙灘上。

時間一小時一小時的過去，海面捲起的白浪規律的打上陡峭的海

岸。風兒悄悄的轉涼了，浪頭的白色泡沫活潑的跳著舞。

彼得抓起一把細沙，讓它從指縫間流下。

「熱氣都快把我的腦汁晒乾了。」他邊哀嚎著邊喝光罐子裡的可樂。「佑佑好像也中暑了。」他笑著指指佑斯圖，而佑斯圖正把手上的漫畫書捲成筒狀，放在眼睛前面。

「你在做什麼？」鮑伯好奇的問。

佑斯圖．尤納斯就是在等這句話。他彷彿化身為歷史老師般解釋著：「古時候，人們在海上就是用這種紙筒當望遠鏡。我該怎麼跟你們解釋呢……啊！現在有一個緊急狀況！」

「怎麼了？有船沉沒了嗎？」鮑伯和彼得緊張的問。

「不是，比這個更緊急！」佑斯圖說。彼得和鮑伯很清楚他這種語氣代表著什麼，空氣中突然充滿了冒險的味道。「用一隻眼睛從這裡看出去，你們會很驚訝的。」

鮑伯把紙筒靠近他的眼鏡，眨著眼看著海面。「哦，哦，我看到了！海盜，海盜，到處都是海盜！我看到燃燒的船帆和格鬥中的武器。撐住，公主，我來了，我來救你了！」他又叫又笑的衝進水裡。

「給我，給我看！」彼得急急搶下「望遠鏡」。「我覺得我看到的一定更精采……」

「你有沒有注意到海浪之間一個小小的黑點？從我們一到海邊，我就在觀察它了。」佑斯圖突然若有所思的說。

鮑伯好奇的從水裡爬上來。三個問號踮著腳尖，眼睛直盯著遠處的海面。彼得還拿著紙筒望遠鏡看：「那個黑點在浪頭之間浮浮沉沉，不是很容易看到。看！在那邊！我很確定，它在移動！」

註② 河湖是淡水，海是鹹水。「淡水水手」指的是只有在內陸河流、湖泊航行過，沒有在大海航行的經驗的水手。他們在險惡的大海中沒有用處。

註③ 「空洞」是雙關語，有兩層意思。一是暗示鮑伯「空洞膚淺」，沒有知識內涵，整個人「空空的」；既然鮑伯是空的，都是空氣，吃了他等於吃了滿肚子空氣，就只能浮在水上，潛不下去了。

4 海上的呼聲

「它在移動？」鮑伯不可置信的問。

「你自己拿望遠鏡去看。」彼得不太高興。

但是鮑伯根本不用看了。就在此時，三個人清楚的聽見從黑點的方向傳來一聲長長的、充滿怨恨的叫聲。

「那是什麼聲音？」彼得大吃一驚。「聽起來像是有人在叫救命！」

「我們必須趕快通知海岸巡防隊。」鮑伯激動的大聲說，急得團團轉。

佑斯圖望著海裡的白浪。「等到海巡隊趕到，那個東西早就被洋流帶到岩石那邊，被浪打成碎片了！」他說。

那個東西到底是什麼？

「那一定不是一個人。」佑斯圖慌亂的思考著，「如果那是一個人，他在求救的時候，一定會揮動雙臂。」

「也許他沒有手臂了。」彼得害怕的想像著，「你們都知道，鯊魚……」

「亂講！這裡從來沒有出現過鯊魚。而且，聲音聽起來也不像是

人發出來的。」

彼得的驚恐沒有因此消失。「這樣不是更恐怖嘛……」他驚呼著。

不管海上那個東西到底是什麼，它逐漸漂流到海岸的礁石群附近，呼聲更加清晰。

「我們必須做點什麼，」鮑伯大喊：「一定得立刻採取行動！」

佑斯圖這時已站在及腰的水裡。「彼得，你覺得你有力氣游到那邊嗎？」他問。

「你瘋了！」彼得大叫。「誰知道那是什麼可怕的東西！而且，它也許根本不是在叫我們，而是在警告我們。」

「所以你游不了那麼遠？」佑斯圖再問他一次。

「我當然游得過去。只是……只是……」一個絕望的、痛苦的喊叫聲打斷了彼得。「吼，真是的！什麼壞事都輪到我。」他雖然生氣的大叫，卻毫不猶豫的跳進海裡。

「因為你最會游泳啊！」佑斯圖在他身後說。「你一揮手，我們就馬上去求救！」

後面那一句話彼得已經聽不見了，因為這時他一頭跳進一個大浪裡。他的確是最棒的游泳健將，而且已經受過多次救生員訓練。只是這次他要從水裡撈起來的，不是訓練用的假人，而是一個非人類、會叫喊會掙扎、不知名的東西。

彼得周圍的海浪不斷的翻湧，一直將他往回推。佑斯圖和鮑伯在

沙灘上除了著急之外，什麼事也不能做；他們一直想把那個東西的方向指給彼得看，可惜他在海裡看不見。海浪推著他，讓他愈來愈靠近危險的礁岩；如果他沒有及時找到那個東西，他就必須回頭。

忽然一個大浪把他打進水裡，他的肩膀撞上一個堅硬的東西。他揉揉進了水的眼睛，雙手碰到某種硬物；他緊抓這個東西用力浮出水面，他的眼睛正好對上另一雙大眼睛。原來是一隻小海獅。可憐的

牠驚慌害怕的緊緊抓住一片快裂開的船板，像嬰兒一樣毫無方法的亂游。彼得與海獅的眼光相遇的那一刻，雙方似乎都鬆了一口氣——彼得是因為不必被不知名的怪獸吃掉；小海獅呢，是因為終於得救了。

「哈，你是誰啊？」彼得大笑，推著船板朝海岸的方向游去。當他游到離岸邊剩幾公尺，佑斯圖和鮑伯游過來迎接他們，一起把厚重的船板拖上沙灘。

「這是一隻小海怪嘛！」佑斯圖把小獸抱到懷裡。

鮑伯觀察了一會兒：「我覺得牠看起來比較像海獅。」

「牠是啊，小海怪就是海獅嘛，失去父母的小海獅。」佑斯圖說。

彼得和鮑伯一陣沉默。

他們知道，佑斯圖現在和嬸嬸瑪蒂妲以及叔叔提圖斯住在一起。他五歲的時候，他的父母在一場車禍中喪生。

「我們把你命名為『尤納斯』。」佑斯圖打破沉默，對著小海獅說。

「跟你的名字一樣嗎？佑斯圖・尤納斯？」鮑伯問。

「可以說是以我的名字命名，也可以說是來自聖經『約拿與鯨魚』（註④）的典故。」他大笑。彼得和鮑伯馬上同意了。

註④ 尤納斯（Jonas）與約拿（Jonah）的發音相似。聖經記載，約拿掉到海裡，鯨魚把他吞進肚子，游回岸邊，再將他毫髮無傷的吐出來。

5 孤兒尤納斯

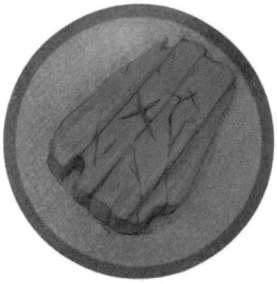

佑斯圖把小海獅抱到他們放東西的地方，用自己的海灘巾把牠裹起來。小海獅的頭歪向一邊，一副筋疲力盡的樣子，眼睛對著太陽一直眨。

「牠需要一個陰涼的地方，還要保持身體溼潤。」鮑伯對動物的事很了解。三個問號趕快用海灘巾和船板搭起遮陽的篷子。

「要不是你，這隻小海獅早就撞上礁石沒命了！」佑斯圖說。彼

得一直被稱讚，不好意思到連耳朵都紅了。

「啊，小事情，沒什麼大不了！」他笑著說。「只要不要叫我把一艘船拖上岸，其他的事我甚至用一隻手都做得到。」

忽然，彷彿有人一聲令下似的，三人不約而同一起看向那塊船板。發生了這麼多事，他們幾乎把這塊板子給忘了。這塊板子是從某一艘船上來的嗎？小海獅是怎麼抱到這塊船板的？

佑斯圖搓著下唇一邊說：「我們假設，這隻小海獅來自岩灘市外海附近的淺灘。為什麼牠忽然離開那裡，又忽然找到這塊板子，跳上去，讓自己被海流沖走？」

「對啊！」鮑伯附和，「這樣的巧合很奇怪！幼獸通常都有母獸

保護著。另外，我有一個疑問：這塊木板是從哪裡來的？你們知道這塊板子讓我聯想到什麼嗎？」

「我知道，」彼得回答：「讓人聯想到某艘船的一部分。事情一定是這樣的：有一艘船沉了，而船上原本載滿動物。」

「也許是馬戲團？」鮑伯繼續想：「船上滿載著動物，一不小心撞上暗礁，船沉了。所有的動物都跟著滅頂，只有這隻小海獅爬上一塊船板，救了自己。像《魯賓遜漂流記》裡的魯賓遜一樣。」

佑斯圖望著海面，好像在思考些什麼。

「你在觀察有沒有其他的生還者嗎？佑斯圖。」彼得問，同時用可樂罐裝水澆在小海獅的身上。

佑斯圖坐下，仔細的研究船板。「我不知道。這裡沒有證據顯示海上馬戲團的存在。事情也可能跟我們想像的完全不一樣。而且這塊船板非常老舊腐朽，它一定在海上漂流很長一段時間了。」

「難道是鬼船？」彼得大吃一驚。

「那種東西只有在古老的傳說中才有啦！」鮑伯說：「現在海上到處都有雷達和衛星監視著。」他會知道這些，是因為他的父親是一家報社的記者，不久前才針對這個題目寫過一篇報導。

「我們從小海獅身上問不出結果的。」佑斯圖解釋：「那麼我們的線索就只剩下這塊板子。如果我們仔細看，還可以辨認出幾處刮痕。也許這些痕跡具有某種意義。這裡有一個類似十字架的圖形，我們只

要小心的將附著在板子上的貝殼刮掉，也許……」這時候，他被小海獅尤納斯的大聲啼叫打斷。牠頭抬得高高的，發出可憐的哀叫。

「我知牠怎麼了，」彼得喊道：「跟佑斯圖一天到晚抱怨的事情一樣：肚子餓！肚子餓！」

「牠看起來好像已經好幾天沒有吃東西了。」鮑伯也這麼認為。「也許牠會喜歡吃薯片？」他一問，自己就先笑了。

三個問號突然之間對這隻小海獅有了責任感。佑斯圖很想把牠帶回家收養。但當他一想到瑪蒂妲嬸嬸，就馬上打消念頭。

「我知道我們可以帶牠去哪裡！」鮑伯忽然大聲說。「老賴在這裡不是有一個私人動物園，專門照顧別人託養的動物。」

彼得覺得這個主意一點都不好。「那個瘋子老賴？難道沒有更好的解決辦法嗎？我跟爸媽去過他的動物園一次。那個人看起來很奇怪。你們知道他脖子上掛著什麼嗎？一條蛇！一條至少兩公尺長的蛇！這根本就是腦筋不正常啊！」

佑斯圖和鮑伯也聽說過這個怪人的一些怪事。雖然如此，老賴的動物園是唯一的辦法。彼得必須少數服從多數。

三個問號花了一些時間重新爬上海岸。最後一個爬上來的，是裹在海灘巾裡、大家一起合力拉上來的小海獅。

6 老賴的天堂

「哈哈，我們可不能把可憐的尤納斯綁在腳踏車後座。」鮑伯笑著說。

佑斯圖想到一個比綁在後座更好的主意。他清空他的背包，包裡的東西平均分配給彼得和鮑伯，然後小心的把小海獅裝進去。還好他沒有把提圖斯叔叔的草帽帶來，不然現在讓他們看到就糗大了。

他們解開腳踏車的鎖，三個人一起出發前往老賴的動物園。小海

獅尤納斯覺得一切都很新鮮，牠把頭高高的伸出背包，好奇的張望。彼得和鮑伯分別騎在佑斯圖的左右兩邊，輪流拿可樂罐不斷的往小海獅的頭上澆水。每次水一澆下來，小海獅似乎很高興，兩隻小手在袋子裡一直拍打。

「如果老賴不肯收留小海獅，我們怎麼辦？」彼得擔心的問。

「他一定會的。」鮑伯安慰他。「那個怪人的園子裡專收這類動物。我爸有一次不小心撞傷一隻兔子，也是馬上帶到老賴那裡去。他很願意照顧兔子直到牠恢復健康。」

「聽說兔子很好吃。」彼得自言自語。

「不要嚇唬我們啦！」佑斯圖大聲制止他。「老賴也許是一個奇

怪的人，但是他絕不可能會吃海獅的！況且，除此之外我們也沒有其他的選擇。我不能把尤納斯帶回家。」他想像瑪蒂妲嬸嬸在浴缸裡發現尤納斯那一刻的表情，就忍不住想笑。

「我爸說，老賴曾經是一艘貨輪的船長。」鮑伯開始描述他所知道的故事。「有一天他的船沉了，他在海上漂流了十天才獲救。當時他乘坐的救生艇有破洞會進水，他必須日日夜夜把水舀出去，不能休息，不然小艇就會沉下去。不知道過了多久，他的體力撐不住了，無法再舀水，他咕嚕咕嚕的沉進水裡，就要溺死了。這時候一隻海豚游過來，把他推上水面。沒多久，他就被漁夫發現了。要是沒有那隻海豚，老賴已經不在這個世界上了。」

「真是不可思議！」彼得心想。

「從此之後，他發誓要救助每一隻有困難的動物。他把所有的錢拿出來，在這裡買了一塊地。他的收入就是訪客捐給他的錢，或者投進動物園飼料販賣機裡的錢。我爸說，黃昏的時候，他常常站在沙灘上，對著大海呼喊那隻海豚。」

老賴的私人動物園地座落在一條乾枯的河床上。河床兩邊是陡峭的岩壁，高聳的岩壁因此在動物園的兩側形成天然的界線。河床一路往前延伸，盡頭就是太平洋。在靠近大海的地方有一個岩灣。

從停車場到動物園園區入口是一條狹窄的沙子路。從這裡開始三個問號必須下車步行。

「快快快！尤納斯已經餓到翻白眼了！」

不久後，他們就站在園區入口巨大的木門前。兩邊是茂密的棕櫚樹和藤蔓，感覺像置身熱帶叢林深處。門的上方掛著一個大招牌，寫著：老賴的天堂。

7 陸上的船長

佑斯圖回頭看了一眼，發現一輛黑色轎車停在訪客停車場上。他腦中浮現紅色蠍子的圖案，很想立刻去察看這輛車上是不是有同樣的標誌。

「快來，佑斯圖，我們沒有時間了！」鮑伯推開動物園的大門，一邊大喊。

「這裡有蛇嗎？」彼得怯怯的問，緊張的低頭查看。

「以前有很多蛇，但是後來被鱷魚吃掉，就漸漸沒有了。」鮑伯取笑彼得。

彼得一點也不覺得有趣。「我才不相信！我很怕蛇，這裡看起來就像是有很多蛇的樣子！」

眼前的路一直往叢林深處延伸；愈往前走他們頭上的葉子愈茂密，把陽光都遮住了。有一段路是直接在岩石上鑿出陡峭的樓梯，不平穩的地面讓背包裡的小海獅被震得頭昏眼花。穿過叢林，眼前馬上一片光明，三個問號站在開闊的林中空地上。

「原來這裡就是老賴的天堂！」佑斯圖看到眼前的景象，忍不住驚歎。

這裡到處都生長著具有濃厚異國風情的果樹，巨大的蝴蝶在陽光下飛舞。空地中間還有一條活潑的小河嘩啦啦的流過。除了這條小河外，很久以前流經這裡入海的大河，沒有留下任何痕跡。動物園裡既安靜又詳和。現在是黃昏時刻，最後一批遊客正要離開。

「看，前面有一隻大烏龜！」鮑伯大叫。「我敢打賭，牠的身體大到可以讓我騎上去。」

大烏龜緩慢的轉頭看著這三個小孩，好像在說，嘿，孩子，我吃過的草可比你們吃過的米還多哦！然後又慢慢的轉回頭去繼續吃草。

「牠可真鎮定悠閒，」佑斯圖心想：「就像提圖斯叔叔一樣。」

鮑伯突然間大笑起來。「這是什麼動物？真好笑！我還沒有見過

這麼滑稽的東西。看起來像是一隻泰迪熊，只是鼻子換成一條小黃瓜。不對不對，我還有更好的比喻——像七十歲的佑斯圖！」他指著佑斯圖臉上圓圓的鼻子大笑。

佑斯圖生氣了，他伸出手指著那隻猴子說：「那是一隻長鼻猴，你這個傻瓜！」這隻猴子看起來的確很有趣，牠突然抓住佑斯圖的手搖一搖，好像在跟他打招呼。

「牠可以去馬戲團表演了。」彼得說。

「你是說哪一個？」鮑伯指指佑斯圖，又指指長鼻猴，笑到肚子疼。

「不要鬧了，我們得趕快找到老賴，不然小海獅要餓死了！」佑

斯圖生氣的說。

就在這個時候，從另外一邊傳來叫聲：「尤納斯……尤納斯。」聲音很沙啞。

「那是什麼？」彼得又嚇了一跳。

「聽起來像是瑪蒂妲嬸嬸在叫我。」佑斯圖開玩笑的說，一邊往聲音的來源走。

「瑪蒂妲……瑪蒂妲嬸嬸……」聲音又再度響起。

「那邊！」鮑伯大喊，「叫聲從那裡來的。」他指著一個籠子。

果然，籠子裡有一隻小小的、黑色的鳥，嘴喙是黃色的。籠子下面有一個牌子，寫著「名字：貝歐。牠是一種會說話的鸚鵡」。籠子

旁邊有一臺飼料自動販賣機。

「多嘴婆！多嘴婆！……瑪蒂妲嬸嬸……」籠子裡的鳥講個沒完。

「來，貝歐，你照著說：老賴腦筋不正常。」鮑伯輕聲教牠。「說啊，『老賴腦筋不正常』。」

「誰腦筋不正常？」一個低沉的男子聲音突然響起。

三個問號轉身尋找聲音的來源，正好和老賴的眼睛碰個正著。這隻老海熊一臉灰白的落腮鬍，頭戴船長帽；最讓彼得害怕的是他脖子上纏繞著一條蛇，足足有兩公尺長！

「我只是……我想……」鮑伯開始結結巴巴，「我只……是……想……」

「你只是想什麼？」老賴的臉色猙獰。

「我只是想看看，那個貝歐……貝歐……我說的不是您……喔……嗯……」鮑伯很想拔腿就跑。

「哦，這樣啊，原來老賴的腦筋不正常。」老賴的嘴在鬍子叢中蠕動著。他分別打量面前的三個年輕人，一邊慢慢把菸斗從嘴巴裡拿出來，掛在腰帶上的捐獻箱匡噹作響。

「你們這幾個頑童的嘴巴真壞。」他大笑。

「……我們帶來一隻小海獅，牠快餓死了。」佑斯圖鼓起勇氣，

把他們前來的目地說清楚。他們緊張到差點忘了小海獅的存在。佑斯圖小心的把牠從背包裡抱出來。

「啊，這個小傢伙真是可愛！」老賴伸手撫摸小海獅的頭。佑斯圖正想開始講述事情的經過，老船長馬上打斷他。「等一下再說。我們首先要做的事，是好好的給這小東西喝水。來吧，跟我進屋！」

他們走了幾步路，來到一個看似風一吹就會倒的小茅屋前。屋子外面有個用木材鋪成的走廊，廊上擺著一張搖椅。從走廊的一邊看過去是被茂密植物包圍的動物園，另一邊則是一望無盡的太平洋。

「這是寒舍，請進。」老船長微笑著幫他們打開嘎吱作響的木門。

8 獵猴行動

屋子裡很陰暗。三個問號需要一點時間，眼睛才能適應裡面的光線。屋內只有一個小小的房間，屋子中間擺著一張桌子和四把椅子。角落站著一座用磁磚裝飾的壁爐，上面裝有一個煮東西的爐子，還有一個窄小的煮飯空間。四周的牆上掛滿了不知名的物品，讓三個問號眼花撩亂，不知道從哪裡看起才好。幾隻鯊魚標本、幾張漁網、一個生鏽的船錨、幾盞煤油燈、捕鯨的鏢槍、幾張航海地圖、一些舊航海

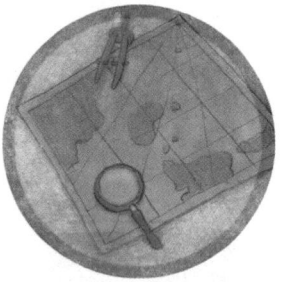

日誌、一副望遠鏡……等等。

「年輕人，你們盡量看吧。牆上掛的每一件東西我都有故事可以講。但我還是先餵飽我們的小朋友。」老賴把纏在脖子上的蛇拿下來，放進壁爐旁邊的一個箱子裡。彼得的目光片刻都不敢離開那條蛇。

「你們不用怕這條蛇，如果你想的話，還可以去摸摸牠。牠是一條沒有毒的蟒蛇。」船長的話絲毫沒有安慰到彼得。

老賴在他的一堆鍋碗瓢盆中翻找，終於找到一枝小奶瓶。「我們得讓小傢伙慢慢的再強壯起來，給牠喝溫牛奶是最好的辦法。然後牠就可以吃點魚漿或者貝殼肉。」

雖然佑斯圖總是聽到食物肚子就餓了，但是這次卻讓他倒盡胃

口。

「來，小子們，餵一餵你們發現的小可憐吧！」老賴說著把奶瓶塞進佑斯圖的手裡。「先把小海獅抱在懷裡，用另外一隻手托著牠的頭。」小海獅貪婪的猛吸牛奶。

「從現在開始，你就是我們的尤媽媽了！」鮑伯大聲取笑佑斯圖。

「好了，現在你們可以告訴我，你們是怎麼發現這隻小可愛的？」老賴問。他很認真的傾聽，一邊給菸斗重新裝填菸絲。

「這是個很棒的故事。」三個問號把事情經過說完後，老賴稱讚著。「我泡了一壺好茶獎賞你們。你們喜歡喝茶吧？」

「喜歡！喜歡！」鮑伯誇張的直點頭。「在夏天喝熱茶是最過癮

的了！」

「正是！」船長咧嘴笑。「茶是最棒的。我要給自己加點蘭姆酒進去，至於你們呢，每個人有一塊蛋糕配茶。」他把一個黃銅茶壺從爐上拿下來，給每個人的茶杯裡倒進熱茶。每個茶杯都有它獨特的模樣。鮑伯的茶杯肚子圓圓的，沒有握柄。

「所有的東西都是我在旅行時收集來的。這些都是舊東西，但是不知怎麼的，我就是無法捨棄它們。」老賴往後靠著椅背，點燃他的菸斗。「我也曾經像你們這些小伙子一樣，總是哪裡有熱鬧可湊，就去哪裡湊熱鬧。」

「湊熱鬧？什麼意思？」彼得傻傻的問。

「這是大人的說法，意思是去管不該管的閒事，而且總是在尋找下一件閒事。我呢，為了湊熱鬧管閒事，差點失去左腿。不過，這又是另一個故事了。」老賴說。

「放心！如果我們三個去『湊熱鬧』的話，我們會照顧好自己的。」鮑伯保證著，一邊端起一個奇怪的茶杯，喝了一口熱茶。

「你要小心一點，可不要因為驚嚇過度，手一鬆把這個杯子打破了。它可是無可取代的！」

「為什麼？這杯子難道是金子做的嗎？」鮑伯開玩笑的說。

「哈哈哈，當然不是，比金子貴重多了。這個杯子是用人的頭顱做的。」

鮑伯大吃一驚，用手遮住嘴巴。他的胃禁不住一陣翻攪，他二話不說，跳起來馬上衝向門口。

「哎唷，別慌別慌，跟你們開玩笑的！」船長大笑。

但是鮑伯什麼也聽不進去了。他用力拉開門，衝了出去，正好撞上長鼻猴。長鼻猴高聲尖叫，嘴角還吐著白沫。

「君寶不太對勁！」船長喊道。那隻猴子突然伸出雙手，掐住鮑伯的喉嚨，把他摔在地上。

「我們趕快去救他！」佑斯圖非常著急。就在這個時候，那隻猴子已經從大門跳進屋子了。有好一會兒，大家都呆住不知如何是好。

「孩子們，慢慢的站起來。」船長輕聲的說。

佑斯圖和彼得緩慢的從椅子上抬起屁股，背對牆壁站著。猴子像發瘋似的往桌子的方向衝過來，牠把桌子高高抬起，轟的一聲往旁邊丟。牠的眼睛流露一股野性，白色的唾沫從嘴裡一直流到胸前的毛皮上。接著牠伸出長長的手臂，往佑斯圖和彼得的方向走去。就在他們兩個快被抓到的時候，船長拿起掛在牆上的漁網，朝猴子衝過去。

「趕快出去！這張漁網可以困住君寶一會兒。快跑，能跑多快就跑多快！」他一邊下命令，一邊把漁網朝憤怒的猴子頭上撒去。猴子氣極了。佑斯圖、彼得和船長飛快的衝出大門，把倒在地上的鮑伯扶起來。

「糟糕，猴子已經掙脫漁網了！」彼得指著茅屋邊喘氣說。屋裡

傳出乒乒乓乓、東西被摔破砸碎的可怕聲音。船長正想要去把門關上，猴子已經又衝出來了。

「趕快逃命去吧！孩子們！離開這裡！」船長一聲令下，四個人拔腿狂奔。「我們必須分開跑，不然大家會一起完蛋！」

四個人於是各選一個方向跑去，猴子頓時不知所措的呆住了。

「成功了！」彼得高興的說，雖然他喘到幾乎無法呼吸。沒想到他一說話，立刻吸引猴子的注意。「糟了，君寶跟在我後面！」他低聲抱怨，雙腳繼續賣力的往前奔跑。

「快點，」船長大喊：「趕快爬上前面那棵大樹！」

幾秒之後，鮑伯、佑斯圖和老賴都已經坐在大樹粗壯的枝幹上。

只有彼得還在沒命的奔逃。他大步大步的躍下山坡，感覺猴子的利齒已經快要咬到他的脖子了。

「彼得，跑啊，跑快一點！」佑斯圖緊張的緊緊攀住樹枝。

猴子嘴裡噴出的唾沫愈來愈多，憤怒的吼聲震動整個園區。牠和彼得的距離愈來愈近。彼得慌張的想要轉彎，沒有注意到地上的樹根；他被樹根絆倒，翻了一個跟斗摔到草地上。猴子朝他一撲，抓住他的腳，把他甩過來又甩過去。

正當佑斯圖、鮑伯和船長要去救他的時候，他一個飛踢，踹中猴子的肚子。

「快到這邊來！」鮑伯大叫。彼得掙扎著站起來，往山坡上跑。

「再幾公尺就到了，加油！」就在鮑伯說話的時候，後面的猴子又已經追到彼得的腳踝邊了。

「快！把手伸給我們！」佑斯圖說。他和鮑伯、船長一起合力把極度疲憊的彼得拉上樹。

「我不行了……完全沒力了……這件事到此為止……」彼得呼吸急促，「劃下句點，結束，完畢！」

「好了好了，你辦到了！我們在這上面，牠抓不到我們的。」佑斯圖安慰他。

「這可不一定，」鮑伯接著說：「除非君寶不會爬樹。但是大家都知道，沒有猴子是不會爬樹的。」

這時候，樹下的猴子卻開始一腳高一腳低，走路搖搖晃晃。接著牠翻了個白眼，倒在地上。

「牠死了嗎？」佑斯圖吃驚的看著船長。

「沒有，放心。」船長說：「牠睡著了，我聽得到牠的鼾聲。奇怪，這整件事真古怪……」

佑斯圖忽然想到小海獅。

「尤納斯！」他叫出聲，「我們把牠忘在屋子裡了！」

9 海盜來了！

佑斯圖一躍，從樹上跳下來。

「小心！」彼得在他身後擔心的說：「要是君寶醒了，怎麼辦？」

這時佑斯圖已經跑到屋前，拉開大門。屋裡到處都是破盆爛碗，椅子凌亂的翻倒在地上。「尤納斯，你在哪裡？」他呼喊著小海獅的名字。

蟒蛇還在箱子裡，似乎在安睡……或者正在消化胃裡的食物？

正當佑斯圖感到害怕時，小海獅從廚房的櫃子下面鑽出來。牠的頭上沾著從櫃子裡翻落下來的果醬，小小的鰭肢高興的拍打著。

「原來你在這裡！」佑斯圖開心的抱起小海獅。

「我不明白。」喃喃自語的船長和其他人這時候也走進來了。「這隻猴子是我從小養大的，一直很溫馴。牠從來沒有攻擊過人。我不明白……」

「別著急，」佑斯圖說：「所有發生的事情都有它的原因。」

屋外的太陽慢慢下山，三個問號決定先回家。老船長答應晚上照顧小海獅，明天一早他們再過來。從現在開始，尤納斯在老賴的洗衣

籃裡有一個柔軟的窩。

「如果尤納斯有什麼狀況的話，請您打電話聯絡我們。這是我嬸嬸家的電話號碼。」

佑斯圖回到家的時候，天幾乎已經全黑了。

「你終於回來了！」瑪蒂妲嬸嬸馬上發難。「你知道我們有多擔心嗎？提圖斯叔叔已經準備要開車出去找你了！」

「沒有這麼誇張啦。」提圖斯叔叔在客廳聽到，趕快出聲安慰他。

佑斯圖試著編一些藉口，但是他實在太累了，就回房間休息。他打了一個大大的呵欠，倒在床上，拉過被子蓋住頭。他就這麼躺著，

突然間，他的眼前出現一片大海，海上白浪滔滔。他的床似乎變成一艘小漁船，隨著一陣陣海浪開始搖晃。他夢見無邊無際的大海。艷陽高掛，無情的直射在他的頭上，他的喉嚨感覺到一陣乾燥，彷彿一摩擦就會著火。他好渴。一群飢餓的鯊魚圍繞在他的小漁船四周。但天無絕人之路，海平面的盡頭出現一張帆。哦，不是一張，是很多張！天啊，是一艘巨大的帆船！

「救命！」佑斯圖大聲呼救。「救命啊！救救我！」果然，大船朝他開了過來。船愈近他看得愈清楚，那是一艘所有的船帆都張開的三桅船。忽然間他看到一樣東西，讓他的血液一下子凍結：一面黑色的旗子，上面有一顆骷髏頭，或者，那是一隻蠍子？站在甲板上的，

是戴著眼罩的獨眼老賴。

「哈哈哈，我們的收穫可不少！」老賴高聲大笑，手指著一個很大的鍋子。「這一個挺肥美的，不像這兩個男孩沒什麼油脂。」所謂這兩個男孩指的是彼得和鮑伯，他們已經下了鍋，在滾水裡掙扎。

「救我們，佑斯圖！」兩人哀叫。「他們是食人族！」

佑斯圖在床上翻來覆去，整夜做惡夢。他夢見骷髏頭、巨大的八爪章魚、吃海獅的大蛇和金銀島的冒險。

10 棕櫚樹下的眼淚

隔天早晨，佑斯圖一反常態，被瑪蒂妲嬸嬸叫醒的時候沒有絲毫不高興。

「幾點了？」他緊張的問。

「快九點了，而且你馬上給我去洗澡、吃早餐，然後……」接下來的話佑斯圖已經聽不到了，因為他早就一溜煙跑出了房間。

不久後，他和彼得及鮑伯在咖啡壺碰頭，然後一起出發去動物園。

「你們終於來了！」船長出來迎接。「我擔心死了！」

「我們的小海獅怎麼了嗎？」佑斯圖擔心的說。

「沒有，牠好得不得了。是君寶讓我很焦慮。」

「這隻猴子也讓我很焦慮。」彼得低聲嘀咕。

「德萊福醫生正在檢查牠的狀況。跟我來吧！」老賴把他們三個帶到一個岩洞前，洞口有一個柵門，旁邊掛著一枝大鑰匙。

「本來我是要把君寶養在這裡面，但是牠那麼乖巧溫馴，所以我總是讓牠自由行動。這個洞穴我就拿來當成儲藏室。但是現在還是把牠關在這裡比較好。」

佑斯圖注意到，洞頂有一個「天窗」，下面連接一條狹窄的通道。

對一隻長鼻猴來說，通道口太小，牠無法從那裡出去。

那隻猴子肚子朝上，躺在洞穴的中央。德萊福醫生正彎腰替牠作檢查。「我無法解釋牠的病因，」他說：「牠現在比較好了，但是昨天的發作情形……」

「君寶得了狂犬病嗎？」佑斯圖立刻接著問。

「不是。絕對不是狂犬病。狂犬病徵不會出現牠舌頭上這種黃色斑點。但是有一點相似性：具攻擊性、嘴邊有白色唾沫。有些植物或水果也會引發這些特性，但是這些植物和水果根本不生長在我們美國加州。」

「我只餵牠吃香蕉和新鮮的水果，而且是最好的。」船長插嘴。

「我知道。」獸醫說：「等一下我有兩個助理會過來。他們來搬運這隻猴子到我的實驗室，在那邊我可以更仔細的觀察牠。但是我必須先告訴你，如果我們查不出來牠到底有什麼疾病，我們也不允許牠再回到動物園。我很遺憾，但請為動物園訪客的安全著想。」

「這是什麼意思？」鮑伯不安的問。

「我們必須找其他的地方安置牠，這可能很不容易。如果找不到地方，那麼牠就必須……很遺憾……」德萊福醫生並沒有把話說完。

「但是我們對牠很有信心。明早我會再幫牠檢查。我走了，再見。」

老船長走到長鼻猴的身邊，整個人垮坐在地上。他輕輕的撫摸牠的頭，想餵牠吃點東西。「你呀，怎麼闖這麼大的禍，小鼻子。你本

來連一隻蒼蠅都不敢傷害的，現在你到底怎麼了？我真是不明白。」

三個問號覺得讓他們兩個獨處一會兒比較好，就決定去看小海獅。老賴在他的茅屋前擺了一個舊浴缸，尤納斯正興奮的在裡面玩水。

「至少牠過得還不錯。」鮑伯也替牠感到高興。

「老賴好可憐。」彼得說：「動物園就是他的生命。沒有動物的話，就不會有訪客來；沒有訪客，就沒有捐款；沒有捐款他怎麼付醫藥費給獸醫呢？」

突然，他們聽見老賴大喊：「小子們，你們在哪裡？趕快來，我需要你們的幫助！」

他們一聽馬上跳起來，往船長的方向跑去。從遠處他們就已經看

見發生了什麼事：有一隻大烏龜四腳朝天翻倒在地上，老賴正使盡力氣想把牠翻正。

「快，幫我一下。我們把牠翻過來的時候，我需要一個人小心的扶著牠的頭。」他高喊。所有的人都伸出手去搬動烏龜，幫助牠重新站起來。「再去提一桶冷水來！」船長一叫，彼得已經像箭一樣快的衝出去。

「大烏龜四腳朝天動彈不得，在大太陽下已經曝晒很久了。牠雖然還活著，但是很有可能中暑了。我如果沒有及時發現牠，恐怕牠的性命不保！」老賴說。

大烏龜長長的脖子癱軟在地上，一動也不動。

「水來了，水來了！」彼得放下水桶，用水一滴一滴的溼潤烏龜的頭。

「幸好牠命大。但是我真的不明白，怎麼會一下子發生這麼多事情！」老賴無助的說。

佑斯圖又下意識的捏著自己的下嘴脣，這表示他在思考。「老賴船長，您想，大烏龜有可能自己摔到四腳朝天嗎？」

「絕對不可能，」船長回答。「你們也看到了，牠可不是普通的重。要牠自己翻身，完全不可能。」

粗壯的老海熊坐在地上，像小孩一樣無助。他的動物園裡有四個明星：溫馴的長鼻猴、巨大的陸龜、會說話的鸚鵡貝歐和大蟒蛇。

「如果貝歐和大蟒蛇也發生什麼事的話，我就完了！沒有牠們，就沒有人願意來動物園玩；沒有人來玩，我就沒有經費照顧動物了。」

老人把帽子拿下來，掏出一條手帕往臉上擦。有好長一段時間，大家都沉默不語。

突然間，佑斯圖站起來。「我敢說，這裡發生的這些事，都不是巧合！」他的語氣中帶著堅定。

「什麼？」鮑伯和彼得同時驚呼。

「我甚至非常確定。這些事裡有太多疑問，而所有疑問的答案都

是同一個。」

「沒錯！」鮑伯也站了起來。「這裡一定存在著某種陰謀。而這個陰謀是什麼，我們一定要把它找出來。」

彼得站到他的兩個好朋友身邊，說：「相信我們，解開疑問就是我們的專長！」

11 藏寶圖和幽浮

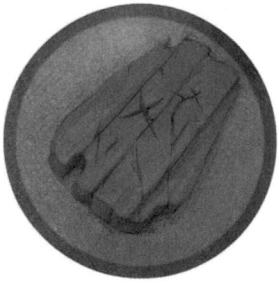

三個問號留下老賴照顧他的新病人，就穿過茂密的樹林往回走。

「佑佑，」彼得問：「你要去哪裡？」

「我還不清楚。但是我不想在老賴面前討論這件事。我之前說過，我不相信『巧合』這種事。」說著說著，他們已經走到了園區入口停腳踏車的地方。

「來，我們整理一下這兩天發生了什麼事：首先，我們從海上救

起尤納斯；然後，猴子發瘋生病了；再來，大烏龜突然無緣無故四腳朝天。」佑斯圖說。

「這些都是單一事件啊，彼此看起來沒有關聯。」鮑伯說。

「剛開始看也許是，」佑斯圖繼續說下去，「但什麼事都有可能發生。也許大陸龜也瘋了，動物一發瘋，就會產生很大的力氣。牠自己把自己翻過來也是有可能的。」

「這和我們的尤納斯有什麼關係呢？」彼得有點害怕。

佑斯圖顯得有點激動：「你看，我們根本不知道尤納斯是從哪裡來的。牠一到動物園，就有兩隻動物生病了。這該怎麼解釋呢……也許牠身上有傳染病？這只是我的推論。」

「那為什麼尤納斯自己都沒事？」鮑伯問。

「牠的身上也許有抗體。牠不會發病，但是會傳染給別的動物。」這個想法讓大家毛骨悚然。小海獅身上帶著傳染病毒？如果是真的，那該怎麼辦？獸醫會怎麼處理牠？

「這裡面有太多也許，太多問號。」彼得忽然說。

「所以我們去找那個唯一的答案吧！」佑斯圖說：「我們的小海獅雖然不會說人話，但是跟著牠來的還有一件東西可以幫助我們。」

「那塊船板！」彼得和鮑伯異口同聲的說。

不久，三個問號又回到了撿到小海獅的海岸邊。

「希望海潮沒有把它帶走。」爬下沙灘的時候，佑斯圖擔心的說。

「它還在，我看到船板在那邊！」彼得指向某一處。

果然，船板還在昨天那個位置，完全沒有移動過。

「我們必須詳細檢查，絲毫不能馬虎。」鮑伯撿起船板，把上面的沙子用力吹掉。它是用很重的木頭做的，而且似乎年代久遠。

「它看起來像是一艘破船的一部分。」彼得說：「我們最好把黏在木板上的藻類和貝殼刮乾淨，才好辨認板子上有沒有線索。」

他們花了整整兩個多小時清除木頭上的附著物。他們用堅硬的小樹枝刮除黏著在木頭上的硬殼；最後，一塊乾淨的木板終於出現在眼前。

「這上面都是一些刻痕。如果從這個方向看，似乎是一張地圖。」

鮑伯說。

「如果從這裡看，像是一個骷髏頭。也許這是一個警告標誌！」彼得嚇得倒退一步。

「也有可能是我們不認識的文字。」佑斯圖猜測。

他們一直東猜西猜，不斷有新的想法冒出來。這些刻痕有時候像鯊魚的齒印，有時候又像幽浮的烙印。

「光是這樣猜想沒有什麼用。」佑斯圖疲倦的踢了一下船板。「我們還是一無所知。也許這塊板子上的東西根本就無關緊要。我們先回家吧，要不然瑪蒂妲嬸嬸又要叫巡邏警察來找我們了。」

三個問號連笑一下的力氣都沒有，垂頭喪氣的回家了。

12 紅色警戒！

佑斯圖剛要上床睡覺，就聽見樓下的電話鈴響。

「佑斯圖，找你的哦！」提圖斯叔叔在樓下喊他。

佑斯圖跑下樓，拿起話筒。「喂，我是佑斯圖・尤納斯。」

「佑斯圖，我是老賴。你們趕快來，這裡又出事了！我真的不知道該怎麼辦！我完蛋了！」船長聽起來似乎已經崩潰了。

佑斯圖正想問個清楚，瑪蒂妲嬸嬸走過來：「這麼晚了，是誰打

來的？」

佑斯圖立刻回答：「鮑伯問我，今天晚上可不可以去他家過夜？這樣我們明天一早就可以一起去沙灘玩。」

瑪蒂妲嬸嬸拉拉自己的耳朵，考慮了一下：「好吧，趕快出發，免得太晚了！」

「好，我馬上就到！」佑斯圖對著話筒喊，然後掛斷。

話筒的另一邊，摸不著頭腦的船長還對著電話說：「喂，喂喂？你還在嗎？真是淘氣的小孩！」他藏在鬍鬚裡的嘴巴蠕動著。

佑斯圖快跑上樓進他的房間，在床底下東摸西找，拉出一個探照燈。這個探照燈是提圖斯叔叔送的，獎勵佑斯圖幫忙收拾廢棄場。從

那時起，這盞燈就成為三個問號偵探團的特殊裝備。他小心的把探照燈搬上窗臺。天幾乎已經全黑，當佑斯圖把燈打開時，一道狹窄但非常強烈的光線射向天空。岩灘市有一個教堂尖塔，塔上有一個鑲著十字架的金球。佑斯圖的光束正是射在這個金球上。對鮑伯和彼得來說，這是一個祕密訊號，表示「緊急狀況！即刻在咖啡壺集合！」

三個問號偵探團的每個成員都能從自己的房間看到教堂尖塔。他們約定，每天晚上睡覺前的最後一件事，就是一定要往教堂的尖塔看一眼。如果緊急情況真的發生了，他們約好跟家裡交待的藉口是：佑斯圖去鮑伯家過夜，鮑伯去彼得家，而彼得則在佑斯圖家。這樣一來，鮑伯和彼得的父母還有瑪蒂妲嬸嬸都不會擔心，而他們也可以不受打

擾的做他們想做的事。

最後一個到達咖啡壺的是鮑伯。他爬上梯子，從底部的入口把頭伸進去。佑斯圖和彼得正坐在舊床墊上。正中央擺著一盞煤油燈，照亮整個空間。

「發生了什麼事？」鮑伯緊張的問。

「我們還不知道。」佑斯圖說：「但一定是什麼糟糕的事，老賴才會打電話給我。」

「是小海獅怎麼了嗎？」鮑伯覺得非常不安。

「希望不是，」佑斯圖說：「但是我們應該要有萬全的準備。快點，我們要行動了！」

三個問號為了應付這類的事情，早就在祕密基地藏了他們需要的工具。彼得把三個手電筒和一個望遠鏡放進背包裡。鮑伯則負責小東西，像是鐵絲、老虎鉗、繩子和食物補給。食物補給的內容有一袋快吃完的小熊軟糖、餅乾和兩瓶不冰的可樂。

佑斯圖還準備了放大鏡、指紋粉以及一切偵探辦案所需的工具。

「走！」他大喊：「老賴在等我們！」

當他們從咖啡壺爬下來時，天色已經黑了。在遠處的西邊還看得到一抹太陽下山後遺留的紅霞。空氣仍然很暖和，聞起來有塵土、乾燥的草和一絲冒險的味道！

13 動物危險了！

不久，三個問號已經站在老賴的天堂大門前。叢林裡傳出屬於夜晚的聲響。一隻蜥蜴正用緩慢的速度進行捕獵，尋找犧牲品。從遠處太平洋傳來的，是一陣一陣規律的浪濤拍岸聲。

「我們也可以從家裡打電話給老賴啊，不用親自跑來吧！」彼得很害怕，但是佑斯圖和鮑伯已經打開大門。

「彼得，把手電筒拿出來。不然，我們說不定會踩到一條蛇。」

鮑伯說。

彼得一聽，馬上閉嘴，乖乖的把手電筒拿出來，打開開關，照亮他們要走的路。他們一步一步小心翼翼的在原始的森林裡前進。眼前狹窄的小道一路都是下坡。佑斯圖必須不時把旁邊的樹枝折斷，免得眼睛被刺到。突然他被地上的樹根絆倒，失去重心，往下滑了幾公尺。當他穩住腳步想重新站起來，一隻強壯的手抓住他的手臂。

「你們終於到了！」一個低沉的聲音說話了，原來是船長。

「原來是您，嚇死我了！」佑斯圖說話的時候甚至有點結巴。他接著對上面兩個人說：「沒事，我很好。船長也在下面。」

「你們知道怎麼了嗎？」船長很激動：「我的貝歐也遭殃了！」

「牠死了嗎？」鮑伯一臉驚恐。

「沒有，牠只是飛走了。我真的不知道該怎麼辦了。來，我們進屋再說。」

不久之後，他們四個人再度坐在桌旁喝著熱茶，這次鮑伯拿到跟上次不一樣的茶杯。

「好，」船長開始敘述整件事，「首先，你們的小海獅非常健康快樂。」佑斯圖聽了鬆了一口氣。

船長接著說：「但是，今晚我巡視時，發現貝歐不見了。通常我會朝牠籠子的方向喊：『晚安，傻鳥兒！』牠聽見了會回答我：『晚安，老頭！』但是這次什麼聲音都沒有。我趕快跑去看籠子，啊！我該說什

麼呢？空了，籠子裡空空的！牠不見了！」

「不見了？怎麼不見的？」佑斯圖追問。

「就不見了啊！籠子的門還是關著的，但是裡面空了。籠子的門也都鎖得好好的，鳥怎麼可能從欄杆中間擠出來！」船長顯得非常激動，把瓶子裡剩下的蘭姆酒一股腦都倒進茶裡。「老賴的天堂完蛋了！」船長輕聲說。「君寶在獸醫院，大陸龜還沒有恢復元氣，而我的貝歐居然就這麼消失在空氣中。」

「我不相信。」佑斯圖突然用力搖頭。「我去看看鳥籠，馬上回來。」他抓起背包，走出門外。

「現在做什麼都沒用了！」船長嘆氣。「沒有動物，遊客就不會

來，也不會有收入。我想，我只能把這一切都賣給傑哈・豪斯了！」

「誰是傑哈・豪斯？」鮑伯問。

「一個土地仲介商。他想買我這塊地去蓋飯店。幾個星期以來我一直收到他的信，你們看，一大疊。他不斷的提高收購價。」老賴把一堆信丟在桌上。

「這件事很可疑，」彼得想：「每一封信上都有公司的標誌——一隻紅色蠍子，可是這個標誌一點都不像是一個仲介公司會用的。」

「他的電話號碼在這裡，」船長繼續說：「他有一種很奇怪的電話，可以隨身……」

「手機！」鮑伯打斷他。

「對！對！手機！我想，我很快就得打這個電話，把一切了結。」

這時，大家被屋外的佑斯圖突如其來的高聲叫喊嚇一跳：「大家跟我來，我給你們看一樣東西！」

「唉呦，你不要這樣嚇我這個老頭子！」船長驚魂未定，「希望你要給我們看的，不是一隻發瘋的或者憑空消失的動物。」

所有的人趕到佑斯圖的身邊，看到佑斯圖正拿手電筒照亮籠子。

「你們快看這裡。籠子的背面有一根鐵欄杆被掰彎了，貝歐可以從這裡鑽出去，然後再把欄杆掰直。」

「我的貝歐不會這麼做的。」船長喃喃的說。

「不是貝歐，是有人在鐵欄杆上鋸了一個裂縫。看，籠子下面有

鐵屑！」

「這些鐵屑小到幾乎看不到嘛！」彼得不可置信的說。

「沒錯，」佑斯圖繼續說：「所以要用磁鐵把鐵屑吸起來。看，在放大鏡下就很清楚了！」

老賴、鮑伯以及彼得都瞪大了眼睛。

現在有一件事很明確：小海獅和動物園發生的事情並沒有關聯。船板上的刻痕只是一條誤導方向的線索。但是另外的可能性卻讓他們更加恐懼：為什麼有人要對動物園不利？這個人還會做出什麼可怕的事情？小海獅尤納斯會是他下一個目標嗎？三個問號決定，夜裡輪流巡守，不再讓小海獅離開他們的視線。

14 午夜驚呼

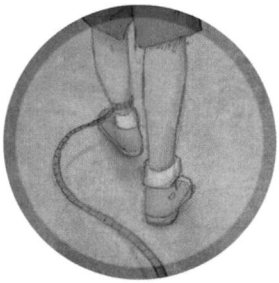

「我不知道……」船長手捻著鬍鬚喃喃的說：「你們還是小孩子，動物園這麼大，現在又是晚上……我不確定讓你們留守是否安全……」

「我覺得船長是有道理的。」彼得說。他巴不得立刻躲回家，但是他馬上被否決。

佑斯圖跟大家解釋他的計畫：「我們要做的，是防止有人偷偷的

潛進動物園。船長留在屋裡，有什麼緊急狀況就馬上打電話報警。彼得看守通往海邊的路，鮑伯躲在園區入口監視，我到園區入口對面的叢林去。安全起見，我們三個人用線繩保持聯絡。」

用線繩聯絡也是三個問號的伎倆之一。每個人身上各綁著兩條長長的繩子，這兩條繩子的另一端同時連接到另外兩個人身上。有事的時候，可以扯動繩子，不用發出聲音就能讓其他人知道。

「哦，我懂了。」老賴說：「假如彼得有事，他就扯動連接著佑斯圖和鮑伯的線繩。」

「還有特定的扯繩子的方式，」彼得插嘴：「三短、三長，再三次短促的。」

「啊，這是SOS救訊號，」船長完全理解了。「太棒了，孩子們！你們居然懂得航海通訊和摩斯密碼（註⑤），真不錯！我去給你們拿幾條保暖的毯子。」

三個問號一邊整理繩子，一邊弄清楚自己看守的位置在哪裡。老賴分給每個人一條毯子和一杯熱茶。

「好，眼睛睜大點，想想我們的小海獅，不要睡著了！」佑斯圖再三提醒他的朋友們，然後大家便出發到各自的藏身處。佑斯圖在一棵倒塌的樹旁找到一個位置，攤開他的毯子。他將連接鮑伯的線繩纏繞在右手腕上，左腳踝纏著連接彼得的繩子。老賴的天堂裡此刻已經一片漆黑到伸手不見五指。佑斯圖關掉他的手電筒，漸漸的，他的眼

晴適應了黑暗。叢林裡傳出各種神祕的聲音，在陡峭的山崖間迴響。他身邊有東西發出窸窸窣窣的聲音，有東西在爬行，有東西碎裂。從海上飄來一層薄霧，逐漸吞襲陸地。

也許留守動物園不是一個好主意，佑斯圖心想。他不放心的再次檢查套在手上和腳上的線繩。

這個時候鮑伯正埋伏在兩棵高大的香蕉樹之間。如果有人從入口進入園區，他一定會發現。鮑伯盯著眼前的灌木叢，好像看到了什麼東西在移動；他揉了揉眼睛，發現是一隻老鼠跑到他身邊，正在翻掘地上腐爛的樹枝。

嗯，請盡情享用，他想著，接著自己也舉起茶杯。這時他聽見了

很輕的「噗通」一聲，原來是一隻甲蟲掉進杯子裡。他用兩隻指頭把這隻肥大的甲蟲撈出來。

彼得蹲靠在茅屋後的崖壁上，從這裡他可以看見整片沙灘，另一邊則是寬廣的動物園區。他在身邊藏了一根長棍，如果有什麼狀況，他馬上可以拿起來用。毯子像盔甲般披在他的肩上。線繩被他套在兩手的拇指上。

這個位置還不錯，至少眼前的狀況可以一目了然。正當他這麼想的時候，他聽見身後一聲低沉的咆哮。彼得嚇得全身僵硬。突然間似乎有什麼東西輕壓著他的背。他幾乎不敢呼吸。這個東西正在移動，在毯子裡慢慢的往下爬。他非常緩慢的伸出右手去摸手電筒，另一隻

手則去抓長棍，好像電影裡的慢動作。然後他鼓起全部的勇氣，用長棍小心的挑起毯子，用手電筒一照——他正對兩隻綠色的眼睛，聽見驚惶的貓叫聲。

彼得往後倒，嚇得幾乎要心臟麻痺了。野貓縱身往前一跳，茶杯翻倒了，碰到岩石被撞得粉碎。

謝天謝地，只是一隻野貓，他擦掉額頭上的冷汗。這時，手上的線繩忽然被緊緊的扯動了。

彼得完全崩潰，扯起嗓子，用盡力氣大叫：「警報！緊急警報！」

他又拉又扯，像瘋了一樣，早把摩斯密碼拋在腦後。他抓起毯子，頭也不回沒命的往老賴的茅屋跑。

三個問號幾乎是同時到達茅屋。每個人的臉色都像蠟一樣蒼白，驚恐的神色仍然寫在臉上。

「怎麼了？」佑斯圖大聲問。

「不知道啊！」鮑伯回答：「彼得突然拉緊繩子，我就把訊號繼續傳給你！」

「亂講，是你先扯繩子的。」彼得轉向鮑伯，結結巴巴的說。

「我感覺到兩邊都在拉警報。這到底是怎麼回事？」佑斯圖喘著氣說。

「我來告訴你們是怎麼回事。」老賴的聲音出現了。「這個小朋友不小心闖進你們線繩陣，害你們虛驚一場。」老賴的懷裡抱著一隻

蜷縮在一起、看起來很害怕的貓，正掙扎著想要解脫繩子。

彼得認出那對綠色的眼睛。他有點不好意思，覺得自己剛剛太大驚小怪了。

「小子們，」船長建議：「接下來你們還是在屋前的走廊上打地鋪吧！在這裡也一樣可以監視全場的。」

三個人馬上一起點頭。

註⑤ 摩斯密碼是早期通訊用的訊號代碼，是由短音「·」（讀「滴」）和長音「——」（讀「答」）組成，每個英文字母和數字都有對應的長短音，接收者經過解碼而得知訊息的內容。SOS為國際通用的求救信號，代碼即為「三短音，三長音，三短音」。

15 日出

佑斯圖第一個醒過來。他眨眨惺忪的睡眼，看著太陽從海面浮出，想起昨天夜裡的驚嚇。

一陣陣的暖風從太平洋朝他吹送過來。佑斯圖躡手躡腳的溜進屋裡，去找小海獅。後面的房間傳來老船長響亮的鼾聲。小海獅躺在牠的洗衣籃裡。當牠看見佑斯圖時，一邊高興的拍動雙手，一邊小心的不發出太大的聲音。

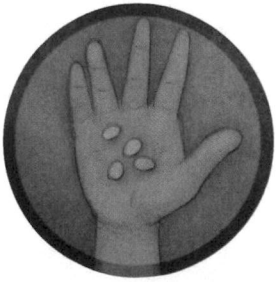

「嘿！至少有一個人睡得很好。」佑斯圖開心的把小海獅抱起來。

門外，今天第一批訪客已經進入園區。佑斯圖抱著小海獅出去散步。他想，遊客也許見不到長鼻猴、鸚鵡和大陸龜，但是他們至少可以看到一隻小海獅。

有個在閒逛的男人恰好經過佑斯圖的眼前。他在販賣機買了飼料，正要把它拿出來。

「請問，」他叫住佑斯圖，「我兒子說，這裡有一隻全世界長得最有趣的長鼻猴，和一隻會說五國語言、名叫貝歐的鳥。」

「啊，沒有五國那麼多啦，」佑斯圖微笑著回答。「只可惜牠們現在……呃……嗯……牠們都還在睡覺。這裡有一隻小海獅，牠是『老

「花生？海獅不吃花生啊！」佑斯圖很訝異。

「海獅什麼都吃。這一點牠們和人類很相似。相信我，我在岩灘市立大學教授生物學，我很清楚。不過，現在我得走了。很高興認識你和你的小海獅。」

聽了男人的話，佑斯圖考慮著要不要餵尤納斯吃花生。「真的可以嗎？」他自言自語。「第一，我不相信；第二，我肚子餓了。」說完，一把花生立刻消失在他嘴裡，剩下的則進了他的褲袋。

老賴在屋裡已經準備好簡單的早餐。佑斯圖抱著小海獅走進屋子，看到彼得和鮑伯披著毯子，一副還沒睡飽的樣子。吃過早餐後他們就各自回家，繼續好好的睡一覺。

16 叢林熱

提圖斯叔叔又在廢棄場裡忙碌，瑪蒂妲嬸嬸則是去買菜。太好了，佑斯圖想，不用被她問東問西了。

他上樓回到自己的房間，脫下衣服往角落一丟，跳上床躺下。沒幾秒他已經進入夢鄉。這次，他夢見自己在叢林裡，後面有猴子在追趕他，蚊子吸他的血，炎熱的天氣簡直令人窒息。他覺得愈來愈熱，在床上翻來覆去，直到他跌下床。

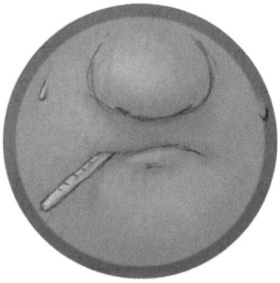

「佑斯圖，你怎麼變成這副德性？」瑪蒂妲嬸嬸的聲音似乎是從一個非常遙遠的地方傳來。「你的臉好紅、好燙！躺在床上不要動，我馬上請辛普森醫生來。」

辛普森醫生是佑斯圖的小兒科醫生，一有什麼不對勁，嬸嬸都會馬上打電話找他。

「是的，請馬上到這裡來！」佑斯圖聽見嬸嬸在樓下講電話。「情況很不好，那小子發燒起碼到三十九度。他快要死了，請您趕快來！」

嬸嬸又再次把事情誇大了，但是佑斯圖真的病得不輕。他感覺忽冷忽熱，噁心想吐。

不久，醫生到了，他馬上放一枝溫度計在佑斯圖的嘴裡。岩灘市每個人都認識辛普森醫生。沒有人知道他到底幾歲，但提圖斯叔叔小時候也是找他看病。

「奇也怪也，」醫生喃喃的說：「奇哉怪哉，奇之又奇，怪之又怪！」

「怎麼了？這小子到底怎麼了？」瑪蒂妲嬸嬸非常擔心。她在佑斯圖的脖子上圍了一條保暖用的圍巾。

「沒關係的，」醫生安慰她：「他只是有點吃壞肚子，很快就會好了。但是，他舌頭上這些黃色斑點……嗯……還真奇怪……」

「什麼黃色斑點？」瑪蒂妲嬸嬸非常疑惑：「佑斯圖，嘴巴張

開……呀，真的！辛普森醫生，這是從哪裡來的？」

「唉，我也不太清楚。」他試著解釋：「引發這種斑點的可能性很多。你今天吃了什麼東西，佑斯圖？」

「我只吃了早餐，今天早上在船……」佑斯圖及時咬住自己的嘴唇，「在鮑伯・安德魯斯家。兩片土司、奶油、蜂蜜等等。」

「那就不可能是早餐引起的，」醫生邊思考著，「真是怪異，昨天一個醫生朋友才跟我講了類似的病例。他的一個病人的舌頭上也有這種斑點。」

「這個可憐的人是誰？」瑪蒂妲嬸嬸問。

「這就是奇怪的地方。這個病人是一隻猴子，我的醫生朋友是獸

醫。」

聽到這句話，佑斯圖的全身像有一陣電流通過。他的手捏著下嘴脣，然後像下定決心似的問：「您的朋友是不是德萊福醫生？」

「你怎麼知道？」辛普森醫生很驚訝，他想知道佑斯圖是怎麼猜到的。

「是啊，你是怎麼知道的？」現在，連瑪蒂妲嬸嬸也想知道了。

佑斯圖隨便編了一個藉口：「因為鮑伯的爸媽昨天晚上講到他。」

「我先去拿退燒用的冰枕。」瑪蒂妲嬸嬸說著，就走出房門。

佑斯圖現在完全清醒了，而且很緊張。他的腦子裡劈里啪啦，線路快燒斷了。他急忙找到他的褲子，在口袋裡掏啊掏，掏出幾顆花生。

「辛普森醫生，我想起來了，我今天早上還吃了這些花生。」

「給我看看。」醫生說。他觀察花生一會兒，恍然大悟的說：「我們找到兇手了！這些花生第一眼看起來像是普通花生，吃起來的味道也像，但是這不是花生。你在哪裡得到這東西的？」

「這個我……我這個……在……」佑斯圖滿頭大汗，他想不出別的藉口。

幸好辛普森醫生又接著說：「這些是珍珠核果，跟花生非常像。我們這裡沒有栽種，所以我才問你，你是從哪裡得到的？人吃了這種核果，胃會受到刺激，體溫會升高。舌頭上的黃色斑點就是過敏的反應。還好你不是動物，不是我那個朋友德萊福的病人。這種核果含有

一種毒素，動物吃了會不受控制，就像得狂犬病一樣。」

「您覺得，那隻猴子也可能吃了這種核果？」

「任何事都是有可能發生的。」辛普森醫生回答：「我是說，如果這種核果到處都買得到的話……我得馬上通知我的朋友。你到明天之前都不准下床。還好珍珠核果對人類沒有致命的威脅。明天我再來看你。」說著，醫生一邊走出房門。

在門口他跟正從樓梯跑上來的彼得、鮑伯幾乎撞個正著。

「你們只能待半個小時，聽見了嗎？這小子現在需要多睡覺。」瑪蒂妲嬸嬸在樓下喊著。

「我們還以為你已經躺進棺材了呢！」鮑伯一邊開玩笑，一邊在

床沿坐下。

「彼得，快把門關上！」佑斯圖小聲的說：「我要跟你們說一件重要的事。」

17 嫌疑犯

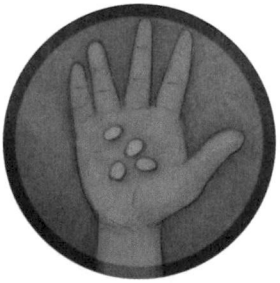

「好神祕哦！」彼得擠過來坐在床的另一邊。

「好，現在仔細聽我說。」佑斯圖開口：「先告訴你們，長鼻猴和我是因為吃了珍珠核果而中毒，而且我知道下毒的人是誰。」彼得和鮑伯張大了嘴看著他。

「你嬸嬸說得對，佑佑，你有幻覺。」鮑伯說。

「亂講，我已經好多了。」接著佑斯圖告訴他們兩個他的發

現——關於黃色斑點、德萊福醫生、珍珠核果和那個在動物園裡的男人。

「這個大壞蛋！」鮑伯激動的大叫。「他把核果餵給君寶吃了以後，居然還給你吃！」

「就是說嘛！但是，其實他是要把核果給我們的小海獅吃，」佑斯圖繼續說下去：「發病的本來應該是小海獅。我應該馬上對他起疑心的。他說，他在岩灘市立大學裡教生物學。」

「岩灘市根本沒有大學。」彼得插嘴。

「後來我才想到這件事，可惜已經太遲了。」佑斯圖說。

「我們的小海獅又逃過一劫！想想看，如果佑佑沒有那麼貪吃，

沒有自己把核果吃掉……啊！我們要趕快報警！」

佑斯圖馬上否決彼得的想法。「我們要跟警察說什麼？他們絕對不會相信我們。我們甚至連人家為什麼要這麼做的動機都不知道。」

「嗯，我想起來了。」彼得說：「當你到外面去檢查貝歐的鳥籠的時候，船長跟我和鮑伯提到一個叫豪斯什麼的。他堅持要買下動物園，要在那片土地上蓋一家飯店。老賴現在因為生病的動物們感到很灰心，幾乎決定要賣了。他還給我們看那個人寫給他的信。我現在還記得信上那個公司的標誌——一隻紅色的蠍子。」

「紅色蠍子的底色是黃色的？」佑斯圖打斷他的話。

「你怎麼知道？」彼得驚訝的問。

「我在一輛車上看過同樣的蠍子，而且是在一輛停在老賴的天堂前面的黑色轎車上。」

「之前也有一輛類似的車子在路上差點把我們撞死，你們記得嗎？」鮑伯很激動。

三個人七嘴八舌的你一言，我一語，他們很肯定他們的推論是正確的。現在只需要證明，給珍珠核果的那個人和傑哈．豪斯是同一個人。

佑斯圖下結論：「如果豪斯就是那個給核果的人，那麼也有可能是他偷走貝歐。」

「不要忘了大陸龜。他把陸龜翻倒成四腳朝天，任牠在太陽下曝晒。」鮑伯補充。

「所有的事情都有共通點了。」佑斯圖繼續說：「他的計畫是，癱瘓動物園裡所有重要的動物，船長就會破產，就必須把土地賣給他。一定是這樣！再仔細想想，現在有兩隻可以吸引遊客的動物還平安無事——大蟒蛇無法輕易靠近，剩下來的就只有一隻了！」

「我們的小海獅！」彼得和鮑伯異口同聲。

三個問號必須立刻想出解決辦法。他們一定要去警告老船長，把小海獅帶到安全的地方。

「我們沒有其他選擇，」佑斯圖激動的說：「雖然我知道瑪蒂妲嬸嬸會很生氣，但是我們還是得從窗戶溜出去，不然她看見一定會阻止我們的。」

彼得做先鋒，第一個爬出去，然後是鮑伯，最後是佑斯圖。窗戶下面有一堆提圖斯叔叔的寶貝破銅爛鐵，是很方便的墊腳石。

「走吧！大家開始行動了！」佑斯圖宣布。

18 紅色蠍子

三個人騎著腳踏車在柏油路上飛馳，速度快到佑斯圖很擔心他的老舊拼裝車會解體。不一會兒他們已經到達老賴的茅屋前。小海獅尤納斯看見他們的時候，兩隻鰭肢拍個不停。然後他們進屋告訴船長整件事的經過。

「不會不會，」船長搖頭，「不會吧。我不相信，誰會做出這種事？」

「好，我們現在就來查個水落石出。剛剛在來的路上，我已經想好一個計畫。豪斯在信裡不是留了他的手機號碼？我們就等著，等那個男人再帶著珍珠核果到這裡時，船長就撥這個號碼；如果那個男人的電話響了，他接了——那他就是豪斯！」

這真是一個很棒的計畫，大家不斷的點頭。

只有鮑伯還有疑問：「但如果那個有珍珠核果的人再也不出現了呢？我們不能永遠在動物園裡等啊！」

佑斯圖抓抓頭，馬上又信心百倍的說：「我很確定他會來。我有一個直覺……」

佑斯圖的直覺是對的。就在這個時候，那個人正閒晃過茅屋門口。

「就是他！」佑斯圖大叫。「他就是那個人，就是那個給我核果的人。」

「好啊！叫他也嚐嚐中毒的滋味！」船長很憤怒，從牆上拿下一隻鏢槍。

「不行！」佑斯圖趕快阻止他。「我們首先還需要證據。您要先打電話給他。如果他真的是罪魁禍首，請您跟他說，您不必賣動物園，因為您現在有一隻海獅。大家都爭著來看牠，遊客的人數又增加了。然後您告訴他，小海獅住在長鼻猴的洞穴裡，牠很喜歡，過得很好等等。千萬要讓他知道小海獅在猴子的洞穴裡，這點非常重要！」

「如果他不是豪斯……」船長打斷他的話。

「沒錯，不是的話，您也可以這麼跟他說。現在趕快打電話給他吧！」

「號碼在這裡。」彼得已經把信遞過來。

「守護神克拉褒特曼保佑，我真的該這麼做嗎？這樣做好嗎？」

「您就快打吧！」佑斯圖催促他，船長開始撥號碼。

「撥通了，電話響了！」他小聲的說。所有的人都緊張的盯著窗外那個人。「該死！他要不是沒有聽到電話響，就是我們搞錯了！」

「看！他的手伸進外套的口袋了！」彼得很激動。

果真，那個男人拿出手機靠近耳朵。而船長在電話這頭聽見傑哈·豪斯的聲音：「喂，我是傑哈·豪斯，請問你是哪位？」

「您好，我是老賴。天堂動物園的那個老賴。」

「啊，老賴。什麼事？是不是您考慮好了？」豪斯問。

「是，我想好了。動物園我不賣。我現在有一隻好可愛的小海獅，大家都好喜歡這隻小東西。我現在一天得去收捐款箱裡的錢兩次。而小海獅超級喜歡牠現在住的地方，就是以前長鼻猴住的洞穴。牠整天在裡面快樂的唱歌呢！那就這樣囉，再見。」老賴掛斷電話。

「說得太好了！」鮑伯悄聲稱讚。

屋外的豪斯把手機收進口袋，生氣的握緊拳頭，跑向動物園出口。

「走，我們去看他要做什麼！」佑斯圖說。

三個問號輕聲走出茅屋，保持適當的距離跟在豪斯後面。幾分鐘

後，他們看見他坐上停車場裡的一輛車。

「那輛黑色轎車就是有紅色蠍子標誌的那輛車！」彼得輕聲喊著。車內的豪斯再次把手機從口袋裡拿出來，開始講電話。

「他在跟誰說話？」鮑伯問：「接下來我們該怎麼做？」

「我很確定，他現在一定是在跟他的委託人或是他的老闆說話。我也可以想像得到，他接下來要做什麼。」佑斯圖小聲說。

「他會去長鼻猴的洞穴，然後對小海獅……」鮑伯沒有把話說完。

「對，完全正確。」佑斯圖回答：「來，我們要有萬全的準備。先上路，我再告訴你們我的計畫。」

19 驚險時刻

三個問號飛快的前往長鼻猴的籠子所在的洞穴。一路上，佑斯圖上氣不接下氣的說明他的計畫：「第一件事，我們要把豪斯引進洞穴；他進入洞穴後，我們在外面把柵門放下，他就被關住了。」

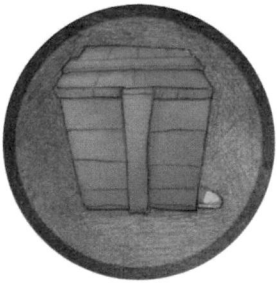

「這個計畫真棒！」彼得叫道。「但是洞裡根本沒有小海獅，他為什麼要進去？」

「那就要看你的了，彼得。」佑斯圖還是有點喘不過氣。「你躲

在箱子裡，裝出小海獅的叫聲。」

「你瘋了嗎？佑佑！我才不要當誘餌，而且那個豪斯讓我很害怕！」

「你不會有事的。」佑斯圖安撫他：「豪斯一進去，我們就扯線繩當作警示訊號，你趕快從崖穴頂部的洞鑽出來。豪斯是大人鑽不進那個洞，你卻可以出入自如。」

「確實是一個很棒的計畫。」鮑伯也跑得氣喘吁吁。

「佑斯圖的線繩信號又不是每次都靈。」彼得抱怨。

當他們到達洞口時，脖子上纏著大蟒蛇的船長老賴這時也趕到了。「小子們，你們現在打算怎麼辦？」他激動的問。三個問號把他

們的計畫告訴他。

「這樣好嗎？這樣好嗎？」船長重覆說著。

此時佑斯圖已經解開線團，交給彼得。「這裡，彼得，躲進這個箱子裡。你把繩子拿在手上，我們一給你信號，你就從上面的洞跑出來。」

「我自己一個人上不去。」彼得很害怕。

鮑伯把另一個箱子推過來，放在洞的正下方讓他墊腳。「你踩在這裡，往上一跳就出來了。」

「為什麼又是我？」彼得還想問，但是佑斯圖、鮑伯和船長已經跑出洞穴，躲到樹叢中了。彼得只得蹲到箱子裡，開始假裝小海獅的

叫聲。他手上緊緊握著繩子，繩子的另一端在佑斯圖手上。

時間一分一秒過去，彼得叫啊叫，什麼事都沒有發生。每個人的神經都緊繃到極限，快斷了。忽然間大家聽見重重的腳步聲，豪斯來了。他慢慢的走近箱子，傾聽彼得假裝的海獅聲音。一開始他似乎有點懷疑，但他還是盡量不發出聲音的掀開箱子。突然，他轉身往洞口外、老賴的茅屋的方向跑去！

「他是聞到烤肉的香味嗎？」鮑伯說。

「我們被拆穿了！他去找真的小海獅了！」佑斯圖開始冒冷汗。

就在這時，豪斯回來了。

「糟了糟了，」船長從齒間發出說話聲，「他手上拿著我撿動物

糞便用的耙子，我怎麼老是亂放東西不收好啊！」

現在後悔太遲了！豪斯悄悄進入洞穴，一步一步無聲的接近箱子。佑斯圖不自覺把線繩愈抓愈緊。

「就是現在！扯啊！佑佑，快扯繩子！」鮑伯緊張得喘不過氣，佑斯圖立刻用力的扯繩子。

沒有反應！繩子被箱子卡住了。佑斯圖再扯，然後又扯、扯、扯，啪！繩子居然斷了！

彼得不知道大難臨頭，還在嗚嗚叫。豪斯已經站在箱子前，彼得在箱子裡無法看見他。豪斯滿臉猙獰，雙手抓住耙子高高舉起，往下一揮！

20 蛇變戲法

不能這麼束手旁觀，一定要做點什麼救救彼得！鮑伯和佑斯圖卻嚇得一動也不能動。忽然，鮑伯跳起來，發出狂野的叫聲邊往洞口跑。想也沒想，佑斯圖立刻跟進，一躍而起，和鮑伯合力一推，砰！柵門關上了！

「彼得快跑！彼得！」鮑伯扯開喉嚨大喊：「彼得，跑啊！彼得！」

豪斯轉身，朝柵門的方向跑去。這時候，彼得滿臉驚恐的悄悄跳出箱子，奔往另一個洞口。

「這是怎麼回事？」豪斯喊叫，搖晃著柵門的欄杆。

佑斯圖使盡力氣轉動大鑰匙，把門鎖上，並把鑰匙丟到草地上。

「我們揭穿了你的陰謀，豪斯！」佑斯圖喊著。「你給長鼻猴吃珍珠核果，你把大陸龜翻得四腳朝天，你還把貝歐偷走了！」

「你們這些小鬼！」豪斯大吼：「對，就是我！雖然我不知道為什麼小海獅沒有生病，但是我現在就要讓牠生病！」他揮動耙子，憤怒極了。「遲早可惡的老賴得把動物園賣給我。他不就是一個老瘋子嗎！我不過是把過程加快而已。一年之後，這裡就會是一家豪華大飯

店。趕快把門打開，否則……」

「否則怎麼樣？」佑斯圖反問。

「否則我就給這隻四眼田雞好看！你們不要後悔！」豪斯突然伸出長長的手臂，穿過柵門欄杆，一把抓住鮑伯胸前的衣服。「怎麼樣，還要我說得更清楚嗎？」

崖穴裡忽然傳出大大的「咚」一聲。彼得原本一直想辦法踩著搖搖晃晃的箱子攀上頂部的洞口，但箱子終於不支翻倒，彼得也跟著跌倒，無助的躺在地上。

「什麼聲音？」豪斯啞著聲音問，一手放下雙腳懸空亂蹬的鮑伯。「哈哈，看哪！這裡還有一個。事情可真是愈來愈有趣。你是在

這裡假裝小海獅吧，真是好主意啊。你們設計想陷害我，可惜功虧一簣。趕快把柵門打開，否則……你們可想而知這隻假海獅會發生什麼事！」他揮揮手上的耙子，態度鎮靜得可怕。

情況非常危急！鮑伯驚慌失措，不知該如何是好，只能緊緊抓住欄杆。佑斯圖完全說不出話，急得直咬指甲。彼得臉色蒼白，不知道他的性命會不會跟這件事一起結束。

突然，有一雙眼睛跟彼得的眼睛對上，彼得的面前還有一個一伸一吐的舌頭。船長的大蟒蛇來了！在這段時間裡，老賴一直趴在上面的洞口躲著。現在他把蛇放下來，「快點，抓住蛇的身體！」他從上面輕聲叫彼得，「我拉你上來！」

彼得聽見豪斯朝他走來的腳步聲，愈來愈近。他沒有多少時間了。他的鼻子前面，有一隻大蛇盤旋著，似乎在對他獰笑。

「快點啊，彼得！」佑斯圖和鮑伯在柵門外也看到了。「趕快抓住蛇啊！」

彼得無法決定他到底比較怕什麼，蛇？還是豪斯？這是他一生中最驚悚的決定。他下定決心，勇敢的抓住蛇的身體，千鈞一髮之際，呼的一聲，他被拉了上去。洞穴裡的豪斯發狂似的大叫，像一隻被困住的野獸。

21 掌聲鼓勵

不久之後，所有的人坐在老賴的茅屋的前廊，心情顯得輕鬆愉快。大家搶著敘述剛剛發生的事，一遍又一遍，不厭其煩的重覆每個小細節。

「真是不可思議！」彼得說：「我以為蛇都是冷冰冰又滑不溜丢的，很噁心；沒想到剛好相反。牠摸起來又軟又暖和，好像皮革一樣。但是，我還是摸一次就夠了！」他一邊笑著。

「我報警了，再過幾分鐘雷諾斯警探就會來逮捕豪斯。」老賴說。

「在這之前，我們可以把他當成動物，再餵他一次。」鮑伯調皮的說，大家都笑了。

「船長，」佑斯圖突然語氣正經起來，「您可以幫我們一個忙嗎？」

「什麼都可以，」老賴回答：「我欠你們太多了！」

「請您不要跟警察提到我們，要不然，瑪蒂妲嬸嬸會得心臟病。反正我等一下回到家，也必須跟她解釋。」

「我們也是。」鮑伯和彼得請求著。

「沒問題，小子們，一句話！」

沒多久，雷諾斯警探就來了，他給豪斯戴上手銬。佑斯圖面露幸福的抱著小海獅，大家慢慢往停車場的方向移動。

雷諾斯摘下太陽眼鏡，瞪著豪斯：「抓得正好，不是嗎？警察局裡如果有一大堆你的前科案底，我可一點都不驚訝。就算沒有，光是虐待動物這項罪名也夠你坐牢坐一陣子了！」

「他還想用耙子殺我呢！」彼得告狀，一邊跟其他三個問號成員眨眼。

「真的？」雷諾斯說：「那他被抓真是罪有應得。」

豪斯正想說些什麼，警察已經把他的頭一壓，叫他坐進警車裡。

「老賴船長，」雷諾斯警探忍不住稱讚：「你是怎麼知道他的陰

謀？真是令人敬佩！小子們，要好好學習，知道嗎？」

老賴低下頭，躲在灰色鬍鬚後面的臉偷偷的漲個通紅。

之後豪斯招供，他把貝歐藏在他的飯店房間裡。鸚鵡貝歐很快就回到動物園，其他的動物也都恢復了健康。

「孩子們，」船長說：「我真的不知道要怎麼感謝你們才好。沒有你們的話……老賴的天堂幾乎就完蛋了……我真是不敢想像！」

「該謝的不是我們，謝小海獅吧！」佑斯圖回答。「要不是因為牠，我們永遠不會到這裡來。牠到底從哪來的，可能永遠是一個祕密。但要是沒有牠，這件事還不知道會有什麼結局呢！」

尤納斯似乎也聽懂了，牠很驕傲的把頭抬得高高的，高興的嗚嗚

叫，兩手不停的拍打。

動物園沒事了！很快的，三個問號偵探團又被捲進新的案件。這次，他們會遇到什麼奇怪的事件呢……

3個問號偵探團——————————01

天堂動物園事件

作者｜晤爾伏．布朗克（Ulf Blanck）
繪者｜阿力
譯者｜宋淑明

責任編輯｜呂育修
封面設計｜陳宛昀
行銷企劃｜陳詩茵

天下雜誌群創辦人｜殷允芃
董事長兼執行長｜何琦瑜
媒體暨產品事業群
總經理｜游玉雪
副總經理｜林彥傑
總編輯｜林欣靜
行銷總監｜林育菁
副總監｜李幼婷
版權主任｜何晨瑋、黃微真

出版者｜親子天下股份有限公司
地址｜台北市104建國北路一段96號4樓
電話｜（02）2509-2800　傳真｜（02）2509-2462
網址｜www.parenting.com.tw
讀者服務專線｜（02）2662-0332　週一～週五：09:00~17:30
讀者服務傳真｜（02）2662-6048　客服信箱｜parenting@cw.com.tw
法律顧問｜台英國際商務法律事務所．羅明通律師
製版印刷｜中原造像股份有限公司
總經銷｜大和圖書有限公司　電話：（02）8990-2588

出版日期｜2021年2月第二版第一次印行
2024年9月第二版第六次印行

定價｜300元
書號｜BKKC0036P
ISBN｜978-957-503-733-8（平裝）

訂購服務——————————————————
親子天下Shopping｜shopping.parenting.com.tw
海外 ・ 大量訂購｜parenting@cw.com.tw
書香花園｜台北市建國北路二段6巷11號　電話（02）2506-1635
劃撥帳號｜50331356　親子天下股份有限公司

立即購買 >

親子天下 Education Parenting Family Lifestyle　親子天下 Shopping

親子天下 有聲故事書

國家圖書館出版品預行編目資料

三個問號偵探團. 1, 天堂動物園事件 / 晤爾伏.布朗克文；阿力圖；宋淑明譯. -- 第二版. -- 臺北市：親子天下股份有限公司, 2021.02
面；　公分
注音版
譯自：Die drei??? : Panik im Paradies
ISBN 978-957-503-733-8(平裝)
875.596　109021122

© 1999
Franckh-Kosmos Verlags-GmbH & Co. KG, Stuttgart, Germany
Original title: Die drei ??? Panik im Paradies
Author: Ulf Blanck
"Die drei ??? Kids" is a registered trademark of Franckh-Kosmos
Verlags-GmbH & Co. KG, Stuttgart, Germany
Traditional Chinese translation copyright © 2013 by CommonWealth Magazine Co., Ltd.